ウオオオオオオ
オオオオオオオオ
限定解放スキル、
《餓狼の怨《えん》嗟《さ》》

緋真 -ひさな-
クオンの女弟子で、凛とした少女剣士。
クオン
最強無双剣士。歩くチートキャラ級の実力。

セイラン
クオンの騎獣となる仲間。
種族はグリフォン。
ルミナ
クオンを「父」と慕う、妖精の少女。
エレノア
商魂たくましい美女で、
商人ギルドのマスター。
アルトリウス
カリスマ的プレイヤーにして騎士団クランマスター。

「え、風の魔力ですか？
って言うと……」
緋真が取り出したのは、
一枚の茶色い羽根――
グリフォンの落とした
『嵐王の風切羽』だ。

Magica《マギカ》 Technica《テクニカ》
現代最強剣士が征く
VRMMO
戦刀録
The Ultimate Swordmaster's
Heroicsaga In Magica Technica
Allen
ill.ひたきゆう
5

口絵・本文イラスト　ひたきゆう

CONTENTS

第一章　聖火の塔

『レベルが上がりました。ステータスポイントを割《わ》り振《ふ》ってください』

『《刀術》のスキルレベルが上昇《じょうしょう》しました』

『《収奪《しゅうだつ》の剣《けん》》のスキルレベルが上昇しました』

『《生命の剣》のスキルレベルが上昇しました』

『《魔力操作《まりょく》》のスキルレベルが上昇しました』

「……お、レベルが上がったか」

「え、早くないですか？　私まだなんですけど」

「イベントでそこそこ溜《た》め込《こ》んでたってことだろ。しかし、《魔技共演》はレベルが上がり辛《づら》いのか、これは」

道中の敵を蹴散《けち》らし、目的地に近づいてきた頃《ころ》、俺《おれ》のレベルは一つ上昇していた。

街道《かいどう》を通っていたため、敵の数はそれほど多くはない。だからこそここまでスムーズに近づくことができたのだが、スキルレベルの上がり方には違和感《いわかん》を覚える。

《魔技共演》のスキルレベルは未《いま》だに2だ。数が少なかったとはいえ、戦闘《せんとう》のたびに毎回使用していたのだが。やはりレアなスキルであるから、育てるのにも時間がかかるということなのか。

「まあ、育たないってわけでもないだろうし、気にすることも無いか。それより……ルミナ、どうだ？」

「……はい、やはりいるようです」

ここに来るまでに気付いたのだが、フィールドに出現する敵の種類が変化しているらしいのだ。どうやら、出現する敵に悪魔《あくま》が追加されているらしい。

今の所、見かけるのはイベントで散々戦ったレッサーデーモンやスレイヴビーストなのだが、その出現パターンの変化そのものが不気味だ。悪魔共が暗躍《あんやく》している、ということなのだろうか――何にせよ、この国から悪魔を駆逐《くちく》できていないことは紛《まぎ》れもない事実。奴《やつ》らを完全に滅《ほろ》ぼすまで、この状況《じょうきょう》は終わらないのだろう。

「あの塔の中にも悪魔がいるんだろうが……また随分《ずいぶん》と、物々しい姿になってやがるな」

「何ていうか、灯台みたいな見た目ですね」

「火を灯《とも》してるってんだろ？　なら、その表現もあながち間違《まちが》いじゃないだろうさ」

緋真《ひさな》の言葉に頷《うなず》きながら、俺は空を見上げる。

道の先に見えているのは、白い塔型の建物だ。細く長いその形状は、確かに灯台のように見える。しかし、その先端《せんたん》部分は黒い靄《もや》のようなものに覆《おお》われ、灯っているであろう聖火の光を確認《かくにん》することはできなかった。

「塔を奪《うば》われてるってのは、これのことか。登っていくしかないようだな」

「ですね。けど……やっぱり、門番がいるみたいですよ？」

「だろうな。いや、いなかったら興醒《きょうざ》めってモンだが」

緋真の言葉に頷き、俺は塔の前――その入り口部分へと視線を向ける。そこには、巨大《きょだい》な人影《ひとかげ》が仁王《におう》立ちし、入り口を塞《ふさ》いでいる姿があった。姿形は人間のそれに近いが、あれは断じて生物ではない。生き物の気配というものを、感じ取ることができなかった。

■カースドゴーレム
種別：物質
レベル：35
状態：パッシブ
属性：なし
戦闘位置：地上

『《識別》のスキルレベルが上昇しました』

ゴーレム、か。外見は、おおよそ黒く染まった岩で構成された人形だ。塔の入口の前で立ち尽《つ》くしているその姿からは、一切《いっさい》の感情を読み取ることができない。どうやら機械の兵士と同じようなもので、感情らしい感情は有していないらしい。

となると、俺にとって少々厄介《やっかい》な相手だ。殺気が無い相手というものはどうにもやり辛い。しかも見るからに岩の塊《かたまり》。斬《き》れないことは無いのだが、やはり戦いづらい相手だった。

「ふむ……こいつはお前らの方が活躍《かつやく》しそうだな。魔法《まほう》で片付けるか」

「何言ってるんですか先生、勿体《もったい》ない！」

「……おん？」

何を言っているんだ、というのはこちらの台詞《せりふ》なんだが――何かおかしなことを言っただろうか。そんな意思を込めて半眼で見下ろせば、緋真はゴーレムを指さしながら、若干《じゃっかん》興奮した様子で声を上げた。

「先生、足一本壊《こわ》せますか？　私とルミナちゃんで両腕《りょううで》やりますので！」

「そりゃ構わんが……何故《なぜ》手足を封《ふう》じる必要がある？」

「あれって、見るからにロックゴーレムの系統じゃないですか。ロックゴーレムって、生きている間なら《採掘《さいくつ》》ができるんですよ」

「……魔物《まもの》から直接《採掘》するのか」

「はい、運が良ければ結構レアなアイテムが手に入るかもしれないですし」

緋真の言葉を吟味《ぎんみ》しながら、俺はカースドゴーレムを観察する。確かに、その体の質感は岩のようなものだ。ピッケルで叩《たた》くにはちょうど良さそうな材質に見える。

だが、相手が生きている間でなければならないというのは少々面倒《めんどう》な話だ。足を破壊《はかい》するとなるとやり方は考えなければならないが――さて、どうしたものか。

「……まあ、とりあえずやるだけやってみるか」

「そう来なくっちゃですよ！　じゃあルミナちゃん、私が右腕を落とすから、ルミナちゃんは左腕で」

「分かりました、緋真姉様。上手《うま》く斬ってみせます」

どうやら、弟子《でし》たちのやる気は十分な様子だ。

何が手に入るのかはよく分からないが、何かしら使える素材であるならばとっておくに越《こ》したことはない。俺は苦笑《くしょう》しつつスキルを入れ替《か》え、《採掘》をセットする。

今のところ、スキル効果による採掘ポイントは見えないが……果たしてあの新種っぽいゴーレムでも掘《ほ》ることが出来るのか。そこは、試《ため》してみなければ分からないか。

「よし……それなら、突入《とつにゅう》開始と行くか」

「はい！　ルミナちゃん、行くよ！」

「合わせますっ！」

二人は頷き合い、同時にカースドゴーレムへと向けて走り出す。その背中を見送りつつ、俺はタイミングを見計らって地を蹴《け》った。背後からの奇襲《きしゅう》とはいかないが、波状攻撃《こうげき》気味に合わせれば相手の行動を阻害《そがい》できるだろう。

「――【スチールエッジ】」

イベントで一気にレベルが上がった際《さい》に手に入れていた新たな《強化魔法》を発動し、武器の攻撃力を高める。それと共に強く足を踏《ふ》み込むのと、緋真がゴーレムに接敵したのはほぼ同時だった。

「《闘気》《術理装填《そうてん》》――《スペルチャージ》【フレイムバースト】」

一気にスキルを発動させた緋真に対し、存外に機敏《きびん》な反応を見せたカースドゴーレムは、黒く染まった巨大な拳《こぶし》を緋真へと向けて振り下ろす。巨大な岩の塊だ、直撃《ちょくげき》すればただでは済まないだろう。

――無論、それを悠長《ゆうちょう》に受けるような弟子ではないのだが。

歩法――陽炎《かげろう》。

瞬時《しゅんじ》に減速することで相手の打点をずらした緋真は、目の前に落ちた拳へと飛び乗って、そのまま腕《うで》を伝うように跳躍《ちょうやく》する。そして瞬《またた》く間《ま》にゴーレムの肩口《かたぐち》まで駆《か》け上がった緋真は、そのまま大きくジャンプし、体を捻《ひね》りながら刃《やいば》を振り下ろしていた。

紅の軌跡《きせき》を描《えが》いた緋真の一閃《いっせん》は、背後からゴーレムの肩口へと突《つ》き刺《さ》さる。まるで溶《と》かすように、炎《ほのお》の刃はゴーレムの肩を斬りつけ——次の瞬間、傷口に残留した炎が、弾《はじ》け飛ぶように爆発《ばくはつ》していた。

「またえげつない効果になったものだな」

「負けていられませんっ！」

一撃《いちげき》で腕を落とされることこそ無かったものの、ゴーレムの肩口は大きく抉《えぐ》れ、その衝《しょう》撃《げき》でバランスを崩《くず》している。その隙《すき》を幸いと、ルミナは全身から金色のオーラを立ち昇《のぼ》らせ、更《さら》に同色の翼《つばさ》を広げて舞《ま》い上がった。

体勢を立て直そうと動きを止めるゴーレムに、ルミナは正面から立ち向かう。光を纏《まと》う刀によって放たれた一閃は、ゴーレムの肩へと吸《す》い込まれ、そこに傷を付ける。とは言え、それだけで破壊できるほど甘《あま》い相手というわけではない。ルミナの一閃は確かにゴーレムの肩に傷を付けていたが、その深さは緋真には及《およ》ばない程度のものだ。

——ルミナの攻撃が、そこで終わりであったならば。

「光の槍《やり》よ……ッ！　連なり、撃《う》ち貫《つらぬ》け！」

ルミナの背後に、二つの魔法陣《まほうじん》が浮《う》かぶ。そこから放たれたのは、普段《ふだん》ルミナが使っているものと同じ、光の槍だった。しかし、その数は普段とは異なり、魔法陣から一つずつ、そして刀の切っ先から一つ、計三つの槍がゴーレムの傷口へと突き刺さっていたのだ。

一点に集中して突き刺さった光の槍は、ゴーレムの肩口を深く抉る。両肩を押《お》される形になり、ゴーレムは足を前に踏み出してバランスを取る――その瞬間。

「――《生命の剣》」

二割五分ほどのHPを削《けず》り、刃を振るう。狙《ねら》う場所は、体重を支える際に最も負荷《ふか》のかかる場所――即《すなわ》ち、膝《ひざ》だ。

相手は岩石の塊、鉄を斬るよりは楽だが、やはりやり辛い相手だ。

「おおおおッ！」

黄金のオーラを纏う一閃がゴーレムの左膝へと吸い込まれ、そこを削り取るように傷つける。やはり岩の体を両断するには至らず――しかし、全てを一気に破壊する必要はない。

今、体重の大部分を支えているこの部分には、それだけの負荷がかかっているのだから。

そこに大きくダメージを与《あた》えれば、亀裂《きれつ》は自然と深くなる。

打法――討金《うちがね》。

そして俺は、自重で亀裂を深めた膝へと、太刀《たち》の柄尻《つかじり》を叩き付けた。それにより、より硬《かた》い金属によって衝撃を受けたゴーレムの膝は、大きく亀裂を走らせた状態へと変貌《へんぼう》する。もう一撃を加えれば確実に破壊できるだろうが——いや、最早《もはや》その必要は無いだろう。小さく笑《え》みを浮かべ、俺はその場から退避《たいひ》した。

瞬間——

「——【炎翔斬《えんしょうざん》】ッ！」

地面に着地していた緋真が、まるで跳《は》ね返るように跳躍する。放たれた魔導戦技《マギカ・テクニカ》は、まるで先ほどの軌道《きどう》をなぞるかのように伸《の》びあがり、脇《わき》の下からゴーレムの腕を抉る。そして宙返りするような形で体勢を立て直した緋真はゴーレムの背を蹴り——それと入れ替わるように、ルミナの魔法が放たれた。

「はあああっ！」

ルミナが掲《かか》げた左手より放たれたのは、光の砲撃《ほうげき》。それはゴーレムに突き刺さると爆裂《ばくれつ》し、ゴーレムは前方へと向けて大きく傾《かたむ》いていた。

今の衝撃によって、ゴーレムは前へとたたらを踏み——その瞬間、自らの重さに耐《た》えきれなくなり、左膝が砕《くだ》けてその場に倒《たお》れ込んだ。どうやら、右腕についても今の衝撃で千切れ飛んでしまったようだ。

「ルミナ、やれ」

「はい、お父様！」

残る左腕へと向け、ルミナが刃を振り下ろす。眩《まばゆ》い光を纏う刃は、開いた亀裂を正確になぞり、それを綺麗《きれい》に斬り落としていた。さて、とりあえず注文はこんな所だろう。

「いい感じですね、先生。中ボス扱《あつか》いだったからか、結構ＨＰの余裕《よゆう》もありそうですし」

「そりゃ良かったな……それで、こいつから《採掘》すればいいってことか？」

「ええ、その通りです」

頷く緋真は、既《すで》にピッケルを取り出している。

右足だけが残っているカースドゴーレムは何とか動こうともがいているが、両腕と片足を失ってはどうしようもない様子だ。動かれると厄介そうだったので、波状攻撃で手早く仕留めてしまったが、もう少し様子を見ても良かっただろうか。

まあ、何にせよこの状態になったからには、後は《採掘》を行う以外に道はない。哀《あわ》れみすら誘《さそ》う様子のカースドゴーレムの様子に苦笑しつつ、俺もまたピッケルを取り出した。

「んじゃ、試してみるか……ルミナ、周囲の警戒《けいかい》を頼《たの》む。何か近づいてきたら迎撃《げいげき》してくれ」

「了解《りょうかい》しました、お父様」

楽しげに首肯《しゅこう》するルミナの様子には苦笑を返し、俺と緋真はカースドゴーレムの《採掘》に取りかかる。さて、果たしてどのようなアイテムが手に入るのか。そして――こいつを配置したであろう悪魔共は、この様子に一体何を思っているのか。

靄のかかっている塔の上層を見上げつつ、俺は若干《じゃっかん》乾《かわ》いた笑みを浮かべたのだった。

第二章　塔内部の異常

『《テイム》のスキルレベルが上昇しました』
『《採掘》のスキルレベルが上昇しました』

当然と言うべきかどうなのか――ピッケルで叩かれ続けたカースドゴーレムは、やがてそのHPを削り切られて消滅《しょうめつ》していた。時折強引《ごういん》に暴れてこちらに攻撃しようとしてきていたが、手足を再生できないのでは意味がない。結果として、いくつもの鉱石を残してカースドゴーレムは倒れていたのである。

尤《もっと》も、鉱石に関してはあまり特殊《とくしゅ》なものは手に入っていない。だが――

「先生、見てくださいよ！　宝石ですよ、宝石！」

「何だってゴーレムの中に宝石なんて埋《う》まってたんだかな……」

どうやらかなり珍《めずら》しいアイテムだったようだが、俺と緋真で手に入った宝石は合わせて三つ。ルビーとトパーズ、そしてヘリオライトだ。拳より一回り小さい程度の原石だが、そう考えると中々の大きさだろう。尤も、宝石の原石など直接見たのは初めてであるため、これにどれぐらいの価値があるのかは知らないが。

「で、宝石ってのは何に使うんだ？」

「主に装飾品《そうしょくひん》ですね。《細工》の生産スキルで装飾品に加工することができます。宝石の種類によって色々と効果が違《ちが》うんですよ」

「ふむ……この宝石にはどんな効果があるんだ？」

「ルビーは火属性の強化ですね。なので私が欲《ほ》しいですけど……他は私も知りません」

「……そうか」

緋真の言葉を吟味しつつ、俺は宝石の原石を眺《なが》める。

装飾品となれば、確かに俺にも有用だ。これを使って何かしら作るのもいいかもしれない。今の所、特に意味も無くアドミナ教の聖印を付けているが、それならば何かしら効果のある装飾品を付けた方が良いだろう。ルミナも一つは刻印を装備しているが、もう一つは何も装備していないわけだし、無駄《むだ》にはなるまい。

「ま、戻《もど》ったらエレノアの所に持ち込むか」

「ですね。きっといい装飾品にしてくれますよ」

「剣を握《にぎ》るのに邪魔《じゃま》にならなければいいんだがな。さて――それじゃあ、先に進むとするか」

何はともあれ、門番は倒した。塔の内部に足を踏み入れるのに、最早《もはや》邪魔《じゃま》となる存在はいない。入口から実に良い歓迎《かんげい》をしてくれたのだ。中に何もないということは考えづらいだろう。どのように接待してくれるのか、実に楽しみというものだ。

最初にゴーレムが立っていた場所、聖火の塔の入口へと足を進めれば、そこには木製の両開きの扉《とびら》が鎮座《ちんざ》している。扉に触《ふ》れてみるが、どうやら特に鍵《かぎ》はかかっていない様子だ。中に入るのに障害は無い。俺は力を込めて扉を押し開け——瞬間、眉間《みけん》へと飛来した矢を瞬時に掴《つか》み取った。

「ちょっ⁉」

「成程《なるほど》、いい歓迎だな」

扉の先に生き物の気配はない。どうやら、あらかじめ仕掛《しか》けられていたトラップのようだ。外観とは異なり、随分と広い様子の内部は、いたるところが歯車仕掛けで動いている。

成程、どうやら……今回は、そういう趣向《しゅこう》であるらしい。

「気を引き締《し》めろよ、お前ら。どうやら、トラップで攻《せ》めてくる類のようだぞ？」

「マジですか……盗賊《とうぞく》いないのに」

「盗賊？　何だ、盗賊がいてどうなるってんだ？」

「あー、ええと……こういう、ダンジョンの探索《たんさく》とかトラップの解除とかをやる……斥候？

みたいな感じの人のことです」

　盗賊という呼び方はよく分からんが、まあ言わんとしていることは理解できた。確かに、こういった場で先行できるタイプの技能を持った奴がいると楽だろう。しかし緋真にはその手の対処を行った経験は無いだろうし、ルミナは言わずもがなだ。

　となれば、俺が何とかするしかないだろう。

「今更《いまさら》出来る奴を探しに行くのも面倒だしな。俺が何とかする」

「え……先生、そんなこともできるんですか？」

「ああ、昔取った杵柄《きねづか》って奴だな」

　尤も、俺もそんなことを専門に行ってきた訳ではないし、本職には及ばないのだが。トラップを解除する技能も知識も無いし、できることは精々、その気配を察知する程度だ。それでも、ある程度は何とかなるだろう。

　さて、聖火の塔の内部だが、どうも薄暗《うすぐら》く少々見通しが悪い。

　光源となっているのは壁《かべ》に備え付けられている燭台《しょくだい》だけで、外からの光は入り込んでいない。そもそも、外観より内部が広くなっている時点で、窓があったとしてもきちんと光が入ってくるのかどうかもよく分からん。この限られた光源の中で罠《わな》を探すというのは、中々面倒な趣向だ。

「ふぅ……とりあえず、俺の後ろに付いてこい。生き物の気配はないが、一応後ろも注意しておけよ」

「了解です。先生、お願いしますよ？」

「せっかくここまで来たんだしな。やるだけやってみるさ」

意識を研《と》ぎ澄《す》ませて、俺はゆっくりと歩き出す。流石《さすが》に、この状況下では安易に動くことは出来ない。音と振動《しんどう》に注意しながら、俺は塔の奥《おく》へと歩を進めた。

部屋の奥の方には、壁伝いに備え付けられた階段が見える。どうやら、塔の内部はいくつかの階層に分かれ、階段で登っていく構造になっているようだ。

「――――！」

「ん、お父様？」

階段の前まで辿《たど》り着いた俺は、爪先《つまさき》で軽く地面を叩く。そして小さく嘆息《たんそく》しつつ、弧《こ》を描くような階段を見上げた。

「……ルミナ、お前は飛びながら付いてこい。ついでに光源を出しておいてくれ」

「は、はぁ……分かりました」

「よし。緋真、前に出るなよ。こういう所は、罠を仕掛けるのに最適な場所だからな」

罠を仕掛けるとすれば、それは必ず通らなければならない場所であるべきだ。この階段などは、まさに絶好の場所だと言えるだろう。何しろ、通らなければ次のフロアに進めないのだから。

　さて、しかし階段となると、どのようなトラップを仕掛けてくるだろうか。この時注意すべきは壁、そして石段そのものだろう。触れる可能性があり、罠を仕掛ける余地が広い場所こそが危険だと言える。

　――そう考えていれば、案の定だ。

「止まれ」

「っ……何かありましたか？」

「ああ、見てみろ」

　告げて、俺は壁際《かべぎわ》を――階段と壁の接合部分を示す。よく見なければ分からないだろうが、一つ前のこの段のみ、壁と段がくっ付いていないのだ。そして、石レンガの壁にあるのは不自然な隙間《すきま》。この間から何かが飛び出てくることは想像に難《かた》くない。

　一応念のため、インベントリから取り出した太刀の鞘《さや》でもう一段上の段差を確認した上で、俺は一段飛ばしで階段を登った。

「……先生、よくこんなのに気づけますね」

「ある程度予想しておけば、後は警戒するだけだからな。コツは仕掛ける側になって考えることだ」

ここに仕掛ければ引っ掛かりやすいだろう、そう考えるような場所こそが注意すべき場所だ。人の意識の空白を突いてくるようなトラップは、逆に仕掛けること自体が難しい。もしそんなトラップを仕掛けられていたら流石にお手上げなのだが、ここの物はまだ分かりやすい部類だ。仕掛け方がなかなか素直《すなお》だと言える——尤も、陰湿《いんしつ》なトラップなど仕掛けている時点で性根《しょうこん》がねじ曲がっていることは否定できまいが。

「この手のものが続くとなると少し疲《つか》れるが……俺でも何とかなるレベルだな」

「ホント、色々できますね先生は」

「こういった技能も必要だったからな。流石に本職には及ばんが」

　最初の頃は、よく引っかかりかけてジジイに馬鹿にされていたものだ。おかげでさっさと覚えられたというのも否定はできないが。ともあれ、ここに仕掛けられている程度のトラップであれば、感知することは難しくない。スキルで補助を受けたプレイヤーがどの程度まで感知できるのかは知らないが、ある程度の本職の真似事《まねごと》は可能だろう。

さて、そんな直感を頼《たよ》りに二階まで上がってきたわけだが、そこで目に入った光景に俺は眉根《まゆね》を寄せた。

「こりゃまた、あからさまだな」

「……うぇ、あれってギロチンですか」

広かった一階とは打って変わって、奥へと向かって通路が続いている。

広さは二人並んで歩ける程度だろうか。そうやって進めば武器を振るう余地は無くなるだろう。そして、そんな通路の途中《とちゅう》には木製の梁《はり》が出ており、そこから鈍《にぶ》い光を放つ刃が覗《のぞ》いていた。刃の足元には出っ張った石畳《いしだたみ》――あまりにもあからさまなトラップだ。

「見た目は恐《おそ》ろしいですけど……流石にあんな子供騙《こどもだま》しには引っかかりませんよ」

「……ふむ、子供騙しね」

確かに、あんなあからさまな罠に引っかかる奴はいないだろう。だが、先程《さきほど》の階段の罠と比較《ひかく》すると、少々違和感を覚える。

あちらの罠はあらかじめ予想していなければ気付くことが難しいものであったのに対し、今回のギロチンは遠目からでも分かってしまうようなものだ。あんな罠を仕掛けるような奴が、こうもあからさまな物を仕掛けるだろうか。となれば――

「緋真、あのギロチンの刃辺りに範囲魔法《はんいまほう》を放て」

「え？　何でですか、いきなり」

「いいからやってみろ、理由ならすぐに分かる」

俺の言葉に、緋真は首を傾《かし》げながらも魔法の詠唱《えいしょう》を開始する。そして、程なくして完成した魔法は、即座《そくざ》に狙った場所へと放たれていた。

「じゃあ、行きますよ――【フレイムバースト】」

『ギィイイ……ッ⁉』

ギロチンの直下で炎が爆《は》ぜ――その直後、爆音《ばくおん》の向こうから悲鳴のような鳴き声が響《ひび》く。予想通りな展開に、俺は思わず半眼を浮かべ、弟子たち二人はその結果に目を丸くして驚《おどろ》いていた。簡単に言ってしまえば、ギロチンの刃の裏側に、小さな敵が潜《ひそ》んでいたのだ。

■インプ
種別：悪魔
レベル：28
状態：アクティブ
属性：闇《やみ》
戦闘位置：空中

大きさは五十センチほどの、羽の生えた人型の生物だ。だが、妖精《ようせい》のような可愛《かわい》らしい姿ではなく、どこかトカゲの頭部にも似た醜《みにく》い姿をしている。紫色《むらさきいろ》の肌《はだ》をしていることもあり、中々に嫌悪《けんお》感を誘う姿だ。

「ルミナ、やれ」

「っ……光の槍よ！」

驚きつつも、敵が出現したことは理解していたのだろう。ルミナは俺の言葉に即座に反応し、掲げた手から光の槍を撃ち放った。薄暗い通路を一直線に駆け抜《ぬ》けた光の槍は、爆炎に煽《あお》られバランスを崩していたインプを正確に貫く。

土手っ腹に大穴を空けられた小さな悪魔は、あっさりとそのＨＰを散らしていた。

「な、何だったんですか、今の……」

「見たとおりだよ。ああやって足元のスイッチに気を取らせておいて、頭上から奇襲を狙っていたわけだ」

それにひょっとしたら、あの位置から手動でトラップを作動させられたのかもしれない。

本来無人で作動することに意味があるトラップを、手動で作動させるというのは本末転倒《ほんまつてんとう》なのだが、タイミングを計るという意味では最適であるとも言える。まあどちらにせよ、これまで生き物の気配が無かった所にあんなものがいれば、即座に気づけるわけだが。

「お前にもよく教えているだろう、意識の誘導《ゆうどう》だ」

「あー……成程、そういうことですか」

「お父様、それはどんな技術なのですか？」

「……お前にはまだ少し早いんだが、まあいいか。意識の誘導ってのは、相手の隙を作り出す技術だ」

意識の誘導は、ある程度の技量を持った武術家にとっては必須《ひっす》の技能であると言える。

高い技術を持った者同士が戦う場合、単純に攻めるだけでは互《たが》いに崩しきれず、千日手となることが多い。技量が高ければ崩しに対する耐性《たいせい》も高い。かと言って下手に攻めれば隙を晒《さら》すことになりかねない。互いの隙を探《さぐ》り続け、結果として睨《にら》み合いが続いてしまうのだ。俺は軽く視線を動かし、緋真の方へと向けながら声を上げる。

「例えば視線、例えば切っ先……足や重心の位置、筋肉の僅《わず》かな動きに至るまで――動作というものは、次の動作に向けての布石となる。それらを読み取ることで、俺たちは相手の次の動きを予想しているんだ」

「動きの先読みは、できないとすぐに詰《つ》みにまで持っていかれちゃうからね。それを逆に利用するのが意識の誘導だよ」

「……つまりフェイントのようなもの、ですか」

「ニュアンスとしては近いな。だが、それほどあからさまというわけではない」

――そう告げながら、俺はルミナの肩を背後から叩いた。

その瞬間、仰天《ぎょうてん》したルミナが、文字通り飛び上がりながら俺と緋真を交互《こうご》に見つめる。

「あれ⁉　今、お父様はあちらに……⁉」

「お前は今、緋真の方に意識を集中させていた。正確に言えば、俺が視線や体の動きでお前の意識を緋真の方に向けさせたんだが……意識の誘導を習熟すれば、こんなこともできるというわけだ」

「先生の場合、視界の中で集中して見てるのに突然《とつぜん》消えるじゃないですか……」

「あれはお前もできるようになれ。あの感覚は、掴んでおかないと防げないからな」

俺の言葉に、緋真は引き攣《つ》った表情ながらも首肯する。こいつ自身、あれは覚えなくてはならないと理解しているのだろう——尤も、今の久遠神通流《くどうじんつうりゅう》の中でも、あれを扱えるのは片手の指で数えられる程度しかいないわけだが。

「まあ、誘導を覚える前に、まずは先読みを覚えんとな。せめて三手先ぐらいは相手の動きを読めるようになれ。誘導を覚えるのはそれからだ」

「……分かりました、精進《しょうじん》します」

意欲的な様子のルミナに満足し、俺は小さく首肯する。さて、講義はこのぐらいにして、先に進むこととしよう。

第三章　灯の元へ

　ギロチンの後も、中々に悪辣《あくらつ》な罠は続いた。

　燭台の明かりと明かりの間、薄暗くなった場所に仕掛けられたワイヤートラップや、ドアノブに仕掛けられた毒針。角の曲がり際に飛んでくる矢や柱の裏から飛び出してくる鉄《てっ》杭《くい》など――分かりづらい場所に仕掛けられたトラップが数多く登場したのだ。

　尤も、ある程度の法則性はあったため、読みやすいといえば読みやすかったのだが。

「先生、どうやって罠の位置を特定してるんですか？　私には全く分からないんですけど」

「私もです、お父様。いつも、トラップの発動前に感知されていますよね？　どうやっているのでしょうか？」

「うーむ、これは言葉では説明しづらい感覚なんだがな」

　言ってしまえば、経験から来る直感だ。

　かつての戦いの折、ブービートラップの類にはよく遭遇《そうぐう》したし、それ故《ゆえ》にどこに仕掛ければ効果的であるかも理解している。その知識を生かして、きな臭《くさ》い場所を全て警戒しているだけなのだ。

「さっきも言ったが、要は自分ならここに仕掛けるだろう、という場所を警戒しているだけだ」

「自分が仕掛ける立場だったら、ですか……正直、やったことは無いからよく分からないですけど」

「だが、全くイメージできないというわけでもあるまい」

「それはまぁ、そうですけど」

トラップは仕掛けられる場所が限られる以上、バリエーションもそう多くはならない。ある程度のパターンを覚えておけば、どこに何があるかを予想することは難しくないのだ。尤も、気付けたところで解除の知識は無いため、避《さ》けるか迎撃するしか取れる手段はないわけだが。

ともあれ、ある程度想像できてしまえば、後はそれを全て警戒するだけだ。

「まず全景を見て把握《はあく》し、トラップが仕掛けられていそうな場所を想像する。そこにトラップが仕掛けられていたとして、どのような条件で発動するかも考察する。あとはそれに対処する方法を決定する。簡単に言えばそれだけだ」

「あー……かなり経験則が物を言いますね」

「正直、私は覚えられる気がしません、お父様……」

「覚えておいて損は無いことは事実だが、そうそう使うもんでもないからな。トラップがあると分かっているなら、専門家を雇《やと》った方が効率がいいだろうよ」

まあ、一応他にも方法はあるのだが、こちらは更に難しいだろう。

小さく苦笑し、こつこつと足音を立てながら石畳の通路を進む。俺《おれ》が利用しているのは音の反響《はんきょう》だ。地面から伝わる振動や壁での反射には、何かしらの異物がある場合には相応の違和感《いわかん》が生じるものだ。これを利用して、何かが仕掛けられている場所をある程度特定しているのだ。と——

「む……？」

「どうしました、先生？　またトラップですか」

「かもしれんが……この先の、右手側の壁だな。壁の向こう側に小さな空洞《くうどう》があるようだ」

その部分だけ、音の反響の仕方が違う。しかしながら、それがどのような空洞であるかまでは判別がつかない。トラップなのか、はたまた隠《かく》し部屋なのか——藪《やぶ》をつついて蛇《へび》を出すことにもなりかねないが、多少の興味はあった。

「とりあえず、罠を起動するような仕掛けは無いし、生き物の気配もないが……一体何のための空洞だ、こりゃ」

「んー、壁壊《こわ》せますかね、これ？」

「緋真《ひさな》姉様、この辺り、罅《ひび》が入っていますよ？」

「お？　ってことは、もしかしたら本当に隠し部屋かも」

ルミナの言葉に表情を輝《かがや》かせた緋真は、インベントリからピッケルを取り出し、壁の罅を狙って叩き始める。ボロボロと落ちる壁の破片《はへん》を見るに、やはり最初から穴を空けられることを想定したギミックのようだ。

ピッケルによって発生した音の反響の仕方から、隠し部屋——というより隠しスペースか。そこは一畳《じょう》分程度の広さしかない小さなスペースであることが分かる。果たして、何が入っているのか。興味深そうに、ルミナは光球で緋真の手元を照らす。やがて、人が通れる程度の穴が開いた、その穴の中には——一個の宝箱が鎮座していた。

「おおっ、宝箱ですよ、先生！」

「ほう、初めて見たな……こんなあからさまな形をしてるのか」

鉄板などで補強された木製の箱。おおよそ、宝箱と聞いてイメージするような形状をしているだろう。隠しスペースから引きずり出されたそれは、俺の膝ほどまでの高さがある、そこそこ大きな箱だ。さて、一体何が入っていることやら。

「鍵はかかってないみたいですね。開けますよ？」

「ちょっと待て」

興味津々《きょうみしんしん》で宝箱を開けようとした緋真に待ったを掛け、俺は軽く宝箱を叩いた。音の反響からして、中に何かが入っているのは間違《まちが》いない。それに、何かしらが仕掛けられているという気配もなさそうだ。

これまでの罠を考えると少々拍子抜《ひょうしぬ》けだが、面倒が無くて助かると言えるだろう。

「問題はなさそうだな。開けてみろ」

「はい。さて、何かな何かなー？」

緋真が鼻歌交じりに宝箱を開くと、そこには同じアイテムが四つほど収められていた。

これは……どうやら、ランタンのようだ。

■聖火のランタン：特殊・フィールドアイテム
聖火の塔《とう》で作られたランタン。

聖火の塔最上階に灯《とも》された聖火を持ち運ぶことができる。

その光は、魔物を退ける力を持つ。


「ほう……？　例の聖火とやらを持ち運べるアイテムか」

「魔物避《よ》けのアイテム、ってことですよね。つまりこれって、魔物避けの香の代わりに使えるアイテムってこと？」

「ああ、あれって消費アイテムだったか。つまり消費アイテムを使わずに安全な野営ができるってわけか」

「《鑑定《かんてい》》持ちに見て貰《もら》わないと確定じゃないですけど……うん、その可能性は高いと思いますよ」

成程、もしも予想が当たっているのであれば、中々有用なアイテムだ。どこでも安全地帯を作れるのであれば、遠征《えんせい》中の休憩《きゅうけい》にも役立つだろう。

しかしながら、聖火のランタンと名前が付いている割には、肝心《かんじん》の火が灯っていない。これは、最上階で聖火を取ってくる必要があるということか？

「ふむ……今はまだ使えないようだな？」

「ですね。最上階で火が取れるか試してみますか」

とりあえず、聖火のランタンはインベントリに突っ込《こ》んでおくこととする。使えるかどうかは分からないが、折角《せっかく》の隠しアイテムだ、放置しておく理由は無い。

まあ、四つあっても無駄であるし、一つはエレノアに売り払《はら》ってもいいかもしれないが。

「よし、進むぞ。外観からの大きさはあまり当てにはできないが、見た目通りならそろそろ最上階でもおかしくはないはずだ」

「分かってます。気を引き締めていきますよ」

通路を抜け、上階へと続く階段を発見する。以前のようなトラップがあるかどうかも分からんし、警戒を絶やさぬままに上へと進み――その中ほどで、俺は足を止めた。

「先生、どうしたんですか？」

「またトラップでしょうか？」

「静かにしろ」

有無《うむ》を言わさぬ言葉に、二人は息を飲みつつも素直に沈黙《ちんもく》する。その様子に満足しつつ、俺は静かに意識を集中し、耳に入る音を読み取っていった。

この先の上階より、何らかの気配を感じる。先ほどのインプのような小さな気配ではなく、人と変わらぬ大きさの生き物が動く気配だ。数にして五つ以上だろうか。これまで殆《ほとん》ど敵の姿を見かけなかったというのに、ここに来ていきなりこの数とは。

「ボスかもしれんな。気を引き締めろ、お前ら」

「っ……はい」

「分かりました……！」

トラップへの警戒は絶やさぬまま、俺はゆっくりと階段を上っていく。今度は足音を立てることはない。静かに、気配を殺しながら最上階へと近づいていった。そして、やがて見えてきた最上階に、俺は再び足を止めて気配を探る。

――武装した人型の存在が五体ほど。それ以外に、空中を飛び回るような気配がある。

飛んでいる相手は厄介《やっかい》だ。遠距離《えんきょり》攻撃《こうげき》が無い俺では対処が難しい。

「ルミナ、お前は空中にいる奴《やつ》を何とかしろ」

「空中、ですか」

「ああ、何か妙《みょう》な奴が飛んでいる。俺と緋真では相手するのが難しいからな」

「……分かりました、お任せください」

静かに頷《うなず》くルミナに小さく笑い、俺は餓狼丸《がろうまる》を引き抜く。

せっかくだからコイツの能力を使ってみようかとも考えたが、そこそこ経験値も溜《た》まってきているので、ここで使ってしまうのも勿体《もったい》ない。ここは普通《ふつう》に斬《き》っていくとしよう。

小さく笑みを浮かべ――俺は壁を蹴《け》り、三角跳《と》びの要領で最上階へと跳び出した。緋真が追ってくる気配を感じ取りながら、俺はその場にいた敵を全て確認《かくにん》する。

■デーモンナイト

種別：悪魔《あくま》

レベル：32
状態：パッシブ
属性：闇
戦闘《せんとう》位置：地上

■デーモンプリースト
種別：悪魔
レベル：34
状態：パッシブ
属性：闇
戦闘位置：地上

■イビルフレイム・ゴースト
種別：悪霊《あくりょう》
レベル：30
状態：パッシブ

属性：火
戦闘位置：空中

『《識別》のスキルレベルが上昇《じょうしょう》しました』

デーモンナイトが三体、デーモンプリーストが二体、ゴーストが空中に三体。数が多く、見知らぬ敵も多い。成程、厄介な状況《じょうきょう》だ。だが――

「――『生奪』」

刃《やいば》が、金と黒のオーラを纏《まと》う。着地と共に地を蹴った俺は、そのまま最も近くに立っていたデーモンナイトへと向けて突貫《とっかん》した。その時点で向こうもこちらの存在に気付いたが、反応が遅《おそ》い。デーモンナイトに肉薄《にくはく》した俺は、横薙《よこな》ぎの一閃《いっせん》を放ち――ギリギリで反応したデーモンナイトの腹部に傷を負わせた。

「ぐ……ッ、人間め、いつの間に……！」

「――緋真ッ！」

「《スペルチャージ》、【ファイアボール】！」

声に呼応するかのように、俺が傷を負わせた悪魔へと向けて火球が射出される。それは後方へと跳躍《ちょうやく》して着地したばかりのデーモンナイトを、正確に狙《ねら》い撃っていた。

爆裂《ばくれつ》する炎《ほのお》が相手の体を飲《の》み込み、敵は煙《けむり》を上げながら後方へと吹《ふ》き飛ばされ――その先にあった、巨大《きょだい》な台座へと衝突《しょうとつ》していた。大きくダメージを与《あた》えたようであるが、まだ生きているらしい。

（レベルが高いだけはあるか。しかし――）

僅かに舌打ちしつつ、俺は敵が激突《げきとつ》した台座へと視線を向ける。それは、直径三メートルはある巨大なボウル状の皿を載せた台座だ。そしてその皿の上には、禍々《まがまが》しい黒い炎が燃《も》え盛《さか》っていた。それが如何《いか》なるものであるかは分からないが、どこからどう見ても益のあるものには見えない。

悪魔共が聖火の塔に仕掛けているのは、恐らくこの黒い炎なのだろう。どうすればこの炎を消せるのかは分からないが、まずはこの悪魔共を片付けるのが先決だ。

「先生、先にプリーストを！　回復されてます」

「っ……面倒《めんどう》なことをしてくれる」

ボディアーマーのような外皮を纏うデーモンナイトとは異なり、デーモンプリーストはローブのような衣装《いしょう》を纏っている。尤も、黒いローブであるため、聖職者というよりは魔《ま》法《ほう》使いの類に見えるが。

何にせよ、ダメージを与えても回復されてしまうのは厄介だ。緋真の言う通り、回復役を先に潰《つぶ》すべきなのだろう。だが――

「構わん、一撃《いちげき》で殺せば同じことだ」

「ちょっ、先生⁉」

回復能力があろうと、即死《そくし》した奴まで癒《いや》せるわけではないだろう。首を断つ。心臓を穿《うが》つ。ただそれだけで、あらゆる生物は死ぬのだから。

「来るがいい侵略者《しんりゃくしゃ》共。お前らのせせこましい計画は、容赦《ようしゃ》なく踏《ふ》み潰してやろう」

「言ってくれるな、人間如《ごと》きが……！」

傷を癒して立ち上がったデーモンナイトは、声に憤怒《ふんど》を纏わせながら剣《けん》を抜き、構える。

瞬間《しゅんかん》――奴の背後にあった黒い炎が、突如《とつじょ》としてうねりを上げた。まるで生き物のように蠢《うごめ》く黒い炎は、空中で分離《ぶんり》し、それぞれが悪魔たちへと降り注ぐ。しかし、奴らはそれを避ける様子も無く――それどころか、命中した炎は奴らの体に纏わりつき、まるで体が燃えているかのような様相へと変化していたのだ。

「我らが邪炎《じゃえん》の力、とくと思い知るがいい。愚《おろ》かな人間風情《ふぜい》が！」

その掛け声と共に――黒い炎を纏う悪魔たちは、一斉《いっせい》にこちらへと襲《おそ》い掛かっていた。

第四章　邪炎の力

歩法——縮地《しゅくち》。

左前方にいたデーモンナイトへと、俺は即座に接近する。相手の数が多い場合は、こちらが戦いの主導権を握らねば不利になるのだ。

まずはこちらから仕掛け、リズムを作らなければならない。

「【スチールエッジ】」

「————ッ!?」

突如として俺の姿が目の前に現れたためだろう、デーモンナイトは驚愕《きょうがく》のあまり硬直《こうちょく》する。その隙《すき》を見逃《みのが》すわけも無く、俺は即座に刃を振《ふ》るい、その首を狙った。だが、その一閃は辛《かろ》うじて掲《かか》げられた黒い長剣《ちょうけん》によって受け止められる。

たとえ反応が遅《おく》れたとしても、防御《ぼうぎょ》を間に合わせるだけの技量はあるようだ。尤も——

「『生奪』」

斬法——柔《じゅう》の型、刃霞《はがすみ》。

弾《はじ》かれた刃が翻《ひるがえ》り、デーモンナイトの左肩《ひだりかた》を狙う。黄金と黒の燐光《りんこう》を纏う太刀《たち》は、悪魔の体を袈裟懸《けさが》けに斬り裂《さ》いていた。深手は負わせたが、一撃で殺すには至らない。返す一刀で確実に殺そうとし――飛来した気配に、舌打ちしながら刃を振るっていた。

「チッ、《斬魔の剣》」

こちらへと飛んできたのは黒い炎。どうやら、デーモンプリーストが飛ばしてきた攻撃《こうげき》のようだ。やはり魔法《まほう》の類ではあったらしく、蒼《あお》い燐光を纏う太刀は黒炎を綺麗《きれい》に両断して消滅《しょうめつ》させる。しかしそこに、横合いから最初に吹き飛ばしたデーモンナイトが襲い掛《か》ってきた。

「死ねぇッ！」

「はっ、テメェがな」

斬法――柔の型、流水《りゅうすい》。

振り下ろされた黒い炎を纏う剣を受け流す。体勢が崩《くず》れたデーモンナイトに対し刃を放つが、少々浅い。初期状態の餓狼丸では、少々攻撃力が足りていないのだろう。

それに――

（ッ……この黒い炎、厄介な）

今の所、相手の攻撃は受けていない。だが、それでも俺のＨＰは、《生命の剣》以外の要因で少しずつ削《けず》られていた。この黒い炎を纏った状態の悪魔とは、接近戦を行うところが少しずつダメージを受けてしまうようなのだ。

確かに、こいつらに近づくたびにちりちりと焼かれるような熱さを感じていたが、実際にダメージを受けてしまうとは。《収奪《しゅうだつ》の剣》で回復することはできるだろうが、少々効率が悪い。ならば――

「そこで少し止まっていろ」

翻した刃を、脇腹《わきばら》を斬られて体勢を崩していたデーモンナイトの右アキレス腱へと振り下ろす。動きの止まった相手など、ただの的でしかない。俺の一閃は、正確にこの悪魔の足を奪《うば》っていた。

放置しておけばまた回復されるのだろうが、少しでも動きが止まっていれば十分だ。

(緋真《ひさな》は――デーモンナイトを一匹抑《ひきおさ》えているか。ならば)

デーモンプリーストの内の一体は緋真が相手をしているデーモンナイトの援護《えんご》を行っている。そしてもう一体については、俺が先程動きを止めたデーモンナイトに対して回復魔法を飛ばしていた。上空のゴーストたちは全てルミナが抑えている。ならば――

(回復しきるまでの間で、もう一体を殺しきる)

歩法――烈震《れっしん》。

強く踏み込み、駆《か》ける。石レンガの床《ゆか》に罅を走らせながら、俺は即座にデーモンナイトへと接近した。無論、相手もそれを座視していたわけではない。

敵はこちらへと掌《てのひら》を向け、そこに黒い炎が渦《うず》を巻いて収束していた。

「──《斬魔の剣》」

斬法──剛《ごう》の型、穿牙《せんが》。

こちらへと向かってくる炎の渦へと向けて、渾身《こんしん》の刺突《しとつ》を放つ。まるで円錐状《えんすいじょう》に掻《か》き消される炎の渦、その先には掌を向ける悪魔の姿。

炎を掻き分けるように姿を現した俺に対し、デーモンナイトは咄嗟《とっさ》に剣で刺突を弾こうとするが、片手で振った程度で、俺の体重が乗った刺突を完全に払えるわけがない。だがそれでも、少しばかり軌道《きどう》を逸らされ、俺の突《つ》きは心臓から上に僅かばかりにズレていた。

「が……ッ⁉」

「いい反応だな──《収奪の剣》」

斬法──剛の型、天落《てんらく》。

相手の膝《ひざ》を足場にしつつ、左の篭手《こて》で突き刺《さ》さった餓狼丸を強引《ごういん》に上へと斬り上げる。俺はそのまま相手の膝と足を踏み砕《くだ》きながら跳躍し、前のめりになった相手の心臓へと切っ先を振り下ろした。そのままうつ伏《ぶ》せに倒《たお》れた悪魔に対し、刃を捻《ひね》って心臓を抉り、抜き取った刃から血を振り落とす。

「さて、次だ」

「っ、おのれ……！」

足の回復を終えたデーモンナイトが、苦々しげな口調で呻《うめ》く。やはり、死んだ者の復活まではできないのだろう。接近戦のできるデーモンナイトが一体減っただけでも、かなりこちらの有利に傾《かたむ》いたはずだ。となると、こいつ以外に警戒《けいかい》すべきことは――

「《斬魔の剣》」

背後から襲ってきた黒い炎を《斬魔の剣》で消滅させ、更《さら》に襲い掛かってきた黒い長剣を回避《かいひ》する。少々位置取りが悪い。両側から攻撃されるのは、俺としても避けたいところだ。であれば、さっさとこの場から移動するべきだろう。

斬法――柔の型、流水・浮羽《うきばね》。

追撃《ついげき》とばかりに襲い掛かってきた横薙ぎの一閃に、俺は刃を合流させながら斜《なな》め前方へと移動する。相手の背後へと回り込み、寸哮を放とうとして――その身に纏う黒い炎の揺《ゆ》らめきに舌打ちする。

《収奪の剣》で回復しているとはいえ、下手にHPを減らすことは避けたいのだ。直接触《ふ》れるとなれば、それ相応のダメージを負わされることとなるだろう。

「チッ……」

一手遅れたことに舌打ちしながら、俺は刃を振るう。

背中を斬り裂き、更に返す刃で首を落とそうとし――その一撃は、突如として発生した黒い魔法の障壁《しょうへき》によって阻《はば》まれていた。どうやら、デーモンプリーストによる支援《しえん》のようだ。回復に攻撃に防御、随分《ずいぶん》と働いてくれるものだが……その程度であれば意味はない。

「『生魔』」

《魔技共演》の組み合わせの一つ、《生命の剣》と《斬魔の剣》のセットを発動する。金と蒼の燐光を纏う刃は、より高い威力《いりょく》で魔法を打ち消すことができる代物《しろもの》だ。この刃であれば、防御魔法を斬り裂くことなど容易《たやす》い。

斬法――柔の型、零絶《れいぜつ》。

前に出していた右足を、捩《ね》じるように踏み込む。そこから全身に伝えた回転のエネルギーを、障壁に食《く》い込んだ刃へと叩《たた》き込んだ。瞬間、停止した状態だった刃は即座に振り抜かれ、障壁の奥《おく》で体勢を整えようとしていたデーモンナイトの首を裂く。

「か……ッ!?」

「《生命の剣》！」

噴《ふ》き出す血を押《お》さえながらよろめくデーモンナイト。普段《ふだん》であれば、放置していれば勝手に死ぬだろうが、今はデーモンプリーストが後ろにいる。致命傷《ちめいしょう》に近い傷ではあるものの、回復されてしまう可能性は無《な》きにしも非《あら》ずだ。であれば、この場で確実に止めを刺す。

斬法──剛の型、白輝《びゃつき》。

踏み込んだ足で、地面に亀裂《きれつ》が入り、爆ぜ割れる。その衝撃《しょうげき》で、元より体勢を崩していたデーモンナイトは完全にバランスを失っていた。

そこに撃《う》ち降ろされるのは、踏み込みのエネルギー全てを込めた神速の一太刀《ひとたち》。俺の放った一撃は、デーモンナイトの左肩へと食い込み──その身を、斜めに両断していた。

「これで二匹《ひき》……」

見れば、緋真もほぼデーモンナイトを追い詰めている。ルミナの方は、既《すで》に戦闘が終了《しゅうりょう》しているようだ。

であれば、後は……あの散々邪魔《じゃま》をしてくれたプリーストどもを片付けるだけだ。そちらへと視線を向ければ、相変わらず片方はデーモンナイトの支援を行っており、もう片方は俺を警戒するようにじりじりと後退していた。が──俺と視線が合った瞬間、いきなり背を向けて走り出す。その向かう先は、背後にあった黒い炎だ。

「させるかよ」

歩法──烈震。

何をするつもりかは知らないが、その動きを許すつもりは無い。デーモンプリーストは黒い炎へと向けて手を掲げ、その炎は再び揺らぎ始め――

「『生魔』」

斬法――剛の型、穿牙。

俺の繰《く》り出した刺突は、デーモンプリーストの纏っていた防御魔法を容易く貫通《かんつう》し、その胸を一撃で貫《つらぬ》いていた。

「が、は……ば、かな」

「何の意味があるのかは知らんが、お前らのやることを見過ごすつもりは無い。そのまま無意味に死ね」

俺に貫かれたままの悪魔は、最後の抵抗《ていこう》と言わんばかりに腕《うで》を動かす。

それと共に、揺らいだ黒い炎の一部がこちらへと降ってくるが――それは、その総量と比較すればほんの一部でしかないものだ。あの炎の全てをぶつけられていればどうなっていたかは分からないが、この程度であればどうということはない。

「――《斬魔の剣》」

左手の篭手で刃を押し上げ、デーモンプリーストの体内を抉《えぐ》るように斬り裂く。そして黒い炎が迫《せま》ったその瞬間に、俺は相手の体を斬り裂いて振り上げた刃にて、その一撃を両断した。噴き上がる緑の血が黒い炎で蒸発する中、俺は刃を振るい、付着した血を全て払い落とす。

『《死点撃ち》のスキルレベルが上昇しました』

『《斬魔の剣》のスキルレベルが上昇しました』

『《生命力操作》のスキルレベルが上昇しました』

『《魔力《まりょく》操作》のスキルレベルが上昇しました』

『《魔技共演》のスキルレベルが上昇しました』

『テイムモンスター《ルミナ》のレベルが上昇しました』

どうやら、緋真の方も戦闘は終わっていたようだ。デーモンプリーストも単体では大した相手ではなかったようだし、デーモンナイトさえ倒せてしまえばそう苦戦することも無いということか。

ともあれ、これでこの場を支配していた悪魔を片付けたわけなのだが――

「この炎、どうすりゃいいんだかな」

「あ、ちょっと待ってください。今レベル30になったから色々と処理してますので……炎ならたぶん、放っておけば何かしら変わると思いますよ？」

「お前、ちょっと適当すぎやしないか」

メニューを操作している緋真に半眼を向けつつも、俺はこの黒い炎の様子からは意識を逸《そ》らさぬよう注意深く周囲を探る。少なくとも、この場には他の悪魔の——いや、俺たち以外の生物の気配は存在しない。ゴーレムのような存在が微動《びどう》だにせずにいたら流石《さすが》に感知は難しいのだが、見渡《みわた》す限りそのような存在は見当たらない。

とりあえず、聖火に悪影響《あくえいきょう》を与えていたと思われる存在は排除《はいじょ》できたと思うのだが——と、そんなことを考えていた瞬間だった。

「お父様、見てください。炎の中に、何か……」

「あん？」

ルミナの言葉に眉根《まゆね》を寄せ、俺は黒い炎を凝視《ぎょうし》する。まさか、炎の中に何か悪さをしている存在がいるのか——そう考えて警戒するが、どうやら異なる状況らしい。

よく見てみれば、その炎の内側から、色の異なる光が揺らめき始めていたのだ。それはこの禍々しい黒い炎とは異なる、俺が《生命の剣》を使った時に現れるような金の色。黄金の炎が、黒い炎を内側から侵食《しんしょく》するかのように、徐々《じょじょ》にその勢いを増していたのだ。

「これは……これが、聖火って奴か」

「おー……悪魔がここに詰めてたのって、警護の意味と一緒《いっしょ》に、常に何かしてないといけなかったってことですかね？」

「さあな、話を聞く前に殺しちまったから知らんが。ま、どうでもいいだろう。連中が居たら全部斬ればそれで解決だ」

話をしている間にも、黄金の炎は黒い炎を駆逐《くちく》してゆく。そして、あの禍々しい黒が消え去ったその瞬間――

『聖火の塔：アルファシア王国北が解放されました』

『アルファシア王国北地域の魔物《まもの》が弱体化します』

「お、全体アナウンスですね。ってことは、これで解放完了《かんりょう》ってわけですか」

「面倒な処理が必要ないのは助かるな、っと――」

刹那《せつな》、黄金の炎がひときわ強く輝き、まるで波紋《はもん》のように眩《まばゆ》い光を周囲へと広げてゆく。その直後、地面に倒れていた悪魔共の死体は消え去り、そして薄暗《うすぐら》かった聖火の塔の内部も、どこか清潔感のある白い内装へと変化していた。

広さも先ほどより狭《せま》くなっており、外観に合ったサイズにまで調整されている。どうやら、これが本来の聖火の塔であるらしい。悪魔の影響《えいきょう》も完全に消え去ったようだ。

「じゃあ、この火を採取してランタンに……って、あれ？」

「もう、火が付いてますね？」

「さっきの演出と同時に火が付いたのか。ま、面倒が無くて良かったじゃないか」

俺が確保したランタンも確認したが、こちらにもきちんと黄金の火が灯っている。後でエレノアに見せる必要はあるだろうが、これでこのランタンも使用可能になったはずだ。

「よし……それじゃあ、さっさと戻《もど》るとするか。この火が灯った以上、辺りの魔物も弱くなってるだろうしな」

「先生としては物足りないでしょうしね」

「はい、お疲《つか》れ様《さま》でした、お父様」

とりあえず、さっさと王都まで帰還《きかん》するとしよう。その後のことについては——帰りがてら考えておくかね。

胸中でそう呟《つぶや》きつつ、俺はすっかり狭くなった聖火の塔を降りていったのだった。

第五章　現地人の反応

『《MP自動回復》のスキルレベルが上昇しました』

『《魔力操作》のスキルレベルが上昇しました』

「お……経験値溜まってたな」

「え、もうレベル上がるんですか？」

「いや、そっちじゃない。こいつのことだ」

王都を目前にしたところで餓狼丸を確認したところ、いつの間にか経験値ゲージが溜まり切っていた。聖火の塔までの行きと帰りでは、それほど敵は倒してこなかったのだが、どうやら悪魔共はそれなりの経験値になったようだ。

しかし、成長武器はただ経験値を溜めただけでは意味がない。その後で《鍛冶《かじ》》スキルによる強化を受けなければならないのだ。まあ、どの道エレノアの所には顔を出す予定であった訳だし、その時にフィノに見て貰えばいいだけだが。

「成長武器ですか……結局、限定解放は使わなかったですね」

「そこそこリスクのある能力だからな。経験値も消費しちまうし、安易に使うもんでもないだろ」

「性能を確かめるにしても、ちょっと使いづらいですよねぇ」

「強化した後で試《ため》しに一度使ってみては？」

「そうだな……確かに、確認は必要だな。もう一度経験値を溜めないとならないが」

とは言え、溜めるだけならば適当に魔物を倒していれば何とかなる。最初から消費するつもりで行けば、それほど勿体ないとも感じないだろう。

能力が能力だし、出来るだけ敵の数が多い場所で試してみたいものだが――流石にあの遠い関所付近まで行くのは少々面倒だな。どこかで、手頃《てごろ》な狩場《かりば》は無いものか。できれば敵が強く、数が多いと良い。

（それこそ、イベントの時に使えていたら最高だったんだが……）

そういえば、アルトリウスの奴は成長武器の能力を使っていたのだろうか。同じ戦場にいたとはいえ、俺はあいつの戦闘を直接見たわけではない。

餓狼丸のことを考えればそこそこ強力な能力なのだろうが――いや、あれだけ稼《かせ》げる戦場だったのだから、使わない理由は無いか。であれば、少々惜《お》しいことをしたかもしれない。成長武器の性能を観察できるチャンスだったわけだ。

「……まあいいか」

「先生？」

「何でもない、さっさとエレノアの所に行くぞ」

別に、俺はそこまで他人の武器の性能に興味があるわけではないからな。

あの教授辺りであれば血眼《ちまなこ》になって調べに来てもおかしくはないが……流石に、そこまでの情熱は無い。軽く肩《かた》を竦《すく》めつつ、俺は二人を促《うなが》して王都の北門を潜《くぐ》った。

と──そこに、耳慣れぬ声が届く。

「──クオン殿《どの》、お待ちしておりました！」

「おん？　……騎士団《きしだん》、か？」

門を通る途中《とちゅう》の俺の姿を目にし、駆け寄ってきたのは一人の騎士であった。この国の騎士団が纏う統一装備であるため、見間違《みまちが》えるはずもない。この男は間違いなく、現地人の騎士だろう。しかし、同時に疑問符《ぎもんふ》を浮《う》かべる。果たして、現地人が一体何の用事なのか。

「わざわざ呼び止めるとは、何かあったのか？」

「は、はい！　騎士団長が、クオン殿のことをお呼びしています。時間のある時に騎士団まで顔を出してほしいとのことです！」

「ふむ、団長殿がねぇ」

呼ばれることに心当たりは――まあ、全くないとは言わないが、それでも騎士団長から直々に呼び出されることかと聞かれると疑問が残る。わざわざ俺を呼び出すような用事とは、果たして何なのか。興味はあるし、それを確かめる意味でも、一度顔を出しておくべきだろう。

「……承知した。これから武器の手入れに行くが、それが終わったら顔を出させて貰おう」

「あ、ありがとうございます！　それで、その、ですね……」

「おん？　まだ何か用事があるのか？」

何やら緊張《きんちょう》した様子の騎士に、俺は思わず首を傾《かし》げる。初めて会う相手であるし、これ以上の用事と言われても思い当たる点はない。一体何を言われるのやら、と身構えていたところに――騎士は、勢い良く手を差し出し、頭を下げていた。

「あ、握手《あくしゅ》していただけますでしょうか？」

「……何だと？」

唐突《とうとつ》な騎士の動きに思わず警戒しかけたが、彼《かれ》は敵意も害意も一切抱《いっさいいだ》いていない。それどころか、感じるのは好意的な感情だ。どうやら、本気で敬意を抱き、握手を求めているようだ。が――何故《なぜ》そうなったのか、俺は半眼を浮かべて彼に問いかけた。

「いきなり握手とは……俺が何かしたか？」

「無論、我らの都を救っていただいたことです。貴方《あなた》の奮戦があったからこそ、悪魔を退けることができたと聞いております」

「別に俺一人が戦ったわけじゃないんだが……まあ、いいか」

利《き》き手を差し出すことには少々抵抗はあるが、彼ならば問題は無いだろう。その握手に応じてやれば、彼は感激した様子で握《にぎ》った手を振っていた。俺は《収奪の剣》を使っているわけだし、あれだけ派手に戦えば現地人たちには警戒されるかと思っていたのだが――この騎士は若いし、あの事件の話はあまり身近ではないのだろうか？

まあ、何にせよ好意的に受け入れられるのは悪い気はしない。少なくとも、排斥《はいせき》されるよりはマシだ。

「ともあれ、騎士団にはしばらくしたら顔を出す。数時間ほどで向かえる筈《はず》だ」

「承知しました。そのように伝えておきます！」

「頼《たの》んだぞ。それじゃあな」

軽く手を振り、門を後にする。色々と予想外の出迎《でむか》えだったが、騎士団の呼び出しは中々に興味深い。何かしらイベントがあるかもしれないし、聞いておいて損は無いだろう。

「先生、あんな残虐《ざんぎゃく》ファイトしてたのに結構人気なんですね」

「緋真《ひさな》姉様、その言い方は……」

「構わん、俺ももっと警戒されるだろうと思っていたからな。それに、あれは騎士としては珍《めずら》しい反応だろうさ」

「ですが、お父様がこの都を救ったのは紛《まぎ》れもない事実です」

「そりゃ流石に言い過ぎだが……一般人《いっぱんじん》からすれば、確かにそういう見方もある。だが、俺たちは騎士の手柄《てがら》を奪ったようなものだからな。《収奪の剣》のこともあるし、騎士たちからは警戒されるのが普通だろうさ」

無論、俺もそれが全てであるとは言わない。だが、どちらかと言えば否定的な感情の方が強いと考えておいた方が良いだろう。元より、俺のような人斬《ひとき》りなど、受け入れられるような世であるべきではないのだから。

「とは言え、騎士団長殿はまだ俺と距離《きょり》を置こうとしている訳ではないようだな。何の用なのかは知らんが……彼に聞けば、騎士団の状況も分かるだろう」

「用事かぁ……何なんですかね？　伝言じゃなくて、わざわざ直接話をしようだなんて」

「さてなぁ。ある程度重要な話であることは間違《まちが》いないだろうが」

そうでなければ、わざわざ俺を呼び出すような真似《まね》はしないだろう。果たして、どのような用事があると言うのか。ある程度想像することはできるが、判断に足る情報は持ち合わせていない。ある程度覚悟《かくご》はしておくが、あまり気にしすぎても仕方がないか。

騎士団のことは頭の片隅《かたすみ》に置きつつ、俺たちは王都の中央通りを進む。王城の脇《わき》を通る形で南側へと進めば、いつものエレノア商会の姿が目に入ってきた。

相変わらず——いや、どうやらいつも以上に繁盛《はんじょう》している様子だ。

「人が増えてるな……っていうか、現地人も増えてないか？」

「ですね。今回の戦いで話題になったんでしょうか」

「エレノアのことだし、戦勝セールでもやってるんだろうが、随分と混んでるな……どうしたもんか」

「——あ、クオンさんじゃん」

ふと、横合いから声を掛けられ、そちらへと視線を向ける。

そこには、身長の低い小人族《ハーフリング》の少年、八雲がいた。確かエレノアの弟である彼は、俺たちの方と、そして店先の様子を交互《こうご》に眺《なが》め、納得《なっとく》した様子で声を上げる。

「ああ、あれね。クオンさんが原因だよ」

「……そりゃどういう意味だ？」

「ウチがクオンさんの得意先だって現地人の間でも話題になってさ、それで人が集まってきたわけ。冷やかしも結構多いけどね」

「エレノアのことだ、それも利用しているんだろう？」

彼女《かのじょ》のことだ、元々あまり現地人向けの市場を用意するつもりは無かったようだが、客として入ったからには無駄《むだ》にはしないだろう。そんな俺の想像に対し、八雲は苦笑《くしょう》交じりに首肯《しゅこう》していた。

「ま、そこは姉さんだからね。それで、今日は何の用？　姉さん？　それともフィノ？」

「どちらかというとフィノだな。入れて貰《もら》えるか？」

「いいよ、従業員用の入口があるから、そっちから入って。クオンさんが正面から入ると騒《さわ》ぎになりそうだし」

「現地人の間で話題になってるとなると、あり得そうですね」

若干《じゃっかん》表情を引き攣《つ》らせた緋真の様子に苦笑しつつ、俺たちは人目に付かぬように建物の裏手へと回り、商会の中へと入っていった。

中では、いつも通りクランメンバーや雇《やと》われの現地人が忙《いそが》しそうに走り回っている。今の状況を存分に生かせるよう、様々な指示が飛ばされているのだろう。

「中に入れば間取りは分かるでしょ？　僕《ぼく》は自分の作業があるから、もう行くよ」

「ああ、感謝する。またな」

「ありがとうございました、八雲さん」

「どういたしまして、じゃあねー」

ひらひらと手を振りながら去ってゆく八雲を見送りつつ、俺たちも目的であるフィノの作業場へと向かう。一応、聖火の塔《とう》を出た時点で商会に寄ることは伝えてあるし、ログアウトしていないことも確認《かくにん》済みだ。慌《あわ》ただしく行き来するクランメンバーたちの注目を浴びつつも、俺たちは既に幾度《いくど》となく足を運んでいる作業場へと入室する。

「よう、フィノ。到着《とうちゃく》したぞ」

「おー、ちょっと待ってー」

扉《とびら》を開けて中に入れれば、フィノはちょうど剣を打っているところだった。

いつも通りの間延びした喋《しゃべ》り方ではあるものの、横顔から見える表情は真剣《しんけん》そのものだ。一心不乱に鉄を打つその姿に、後ろから覗《のぞ》き込《こ》んだルミナは目を丸くしていた。

いつもの彼女の様子を見ていると、確かに印象としては繋《つな》がらないだろう。見惚《みと》れている様子のルミナに、俺は気づかれぬように苦笑を零《こぼ》す。

(しかし、大した集中力だな)

この集中力は、恐《おそ》らく緋真のそれに匹敵《ひってき》するだろう。一意専心と言うべきか、こういった一つの作業に打ち込むことが非常に得意な様子に見える。これだけの集中力を持ち、そしてセンスもある。商会で一目置かれるのも当然ということか。

彼女が今造っているのは、スタンダードな長剣のようだ。西洋剣の善《よ》し悪《あ》しは分からないが、迷いの無い手つきから、フィノの頭の中では既に完成図が見えているのが分かる。

フィノが人気の生産職である以上、作製の注文は積み重なっていることだろう。そんな状況のところに仕事を横入りさせるのは少々申し訳ないが――そこは彼女から望んだことであるし、勘弁《かんべん》して貰いたいところだ。

そんなことを考えている内に、フィノは成形した刀身を冷却《れいきゃく》し、その出来の確認を始める。そして一度頷《うなず》くと、刀身を作業台に置いてこちらへと向き直った。

「お待たせ、早速《さっそく》見せて」

「……それ、途中じゃないのか？」

「んー？　いや、これはあと砥《と》ぎだけだから、今すぐじゃなくてもいいしね。それより、早く餓狼丸《がろうまる》を見せて！」

「ああ……了解《りょうかい》、ちょっと待ってくれ」

あれだけ集中していたというのに、まるで疲れた様子を見せていない。好きこそものの上手なれ、とでも言うべきか――フィノは本当に、刀剣《とうけん》を愛しているらしい。

俺は苦笑を零しつつも、抜《ぬ》き放った餓狼丸を作業台の上に置いた。

「おお……ようやく成長武器の強化ができる」

「アルトリウスの剣は……『キャメロット』の内部だけで手入れしているのか」

「うん、コールブランドは間近で見たことは無いよ。何度か本人に直談判《じかだんぱん》しようとしたけど、会長に止められちゃった」

「でしょうね……」

呆《あき》れた表情で、緋真が相槌《あいづち》を打つ。エレノアも、個性の強い生産職を纏《まと》め上げて苦労しているということか。まあ、あれは自分で苦労を作り出して解決する類であると思うが。

「とりあえず、既に経験値のゲージは最大まで溜《た》まっている状態だ。これで、次の段階に強化できるんだろう？」

「うん、勿論《もちろん》。それじゃあ、早速やってみよう」

普段は眠《ねむ》たげな瞳《ひとみ》を爛々《らんらん》と輝《かがや》かせ、フィノは作業台の上の餓狼丸に触《ふ》れる。その瞬間、刀身の前にはいつも通りのウィンドウが表示されていた。

第六章　成長武器の強化

「んー、やっぱりそうだね。予想通り」

「何がだ？」

「強化方法。やっぱり、レア武器を強化するのと同じ方法っぽい」

餓狼丸の前に表示されたウィンドウには、いくつかのアイテムの名前が並んでいた。

並んでいる名前は、草原狼《そうげんろう》の牙や爪《つめ》、そして草原大狼の牙と爪、そして尻尾《しっぽ》だ。餓狼丸の強化を行うのに、これらのアイテムが必要だということだろうか。

それにしては、金属の素材というわけではないようだが――

「んー、ちょっと待ってね。かんちゃんに素材持ってきてもらうから」

「あ、フィノ。それならノエルさんも呼んでくれない？　宝石手に入れたの」

「おー……聖火の塔に宝石なんてあるんだ。分かった、ノエ姉に持って来て貰う」

聞き覚えの無い名前だが、話の流れから、恐らく装飾品《そうしょくひん》を作る細工師なのだろう。

どんな装飾品を作るのかは少々考え物だが、それよりも今は武器の強化が気になる。果たして、魔物の素材をどのように利用するのか。そんな俺の視線に気づいたのか、フィノはどこか得意げな表情で指を三本立てつつ声を上げる。

「アイテムには、基本三つの入手方法がある。一つ目は、現地人の店での購入《こうにゅう》、二つ目が、私たち生産職による製造。これらの武器は、強化ではなく新しいものの作製で更新《こうしん》するのが普通《ふつう》」

「……確かに、今まではそうだったな。だが、餓狼丸はそれに当てはまらない。つまり、三つ目の入手方法ってことか」

「そう。三つ目が、イベントやクエスト、魔物からのドロップで手に入れるパターン。これのことをレア武器って呼んでる」

俺は今の所、餓狼丸以外は見たことはないが、そういった装備も存在するらしい。イベントで得たというのはまさにこいつのことだろうが、他のパターンはお目にかかったことが無いな。緋真《ひさな》の方へと視線を向けてみれば、こいつは苦笑しつつ肩を竦めていた。

「いくつか手に入れたことはありますけど、刀は無かったですし、使ってませんよ」

「ああ、望んだものが手に入るというわけでもないのか」

「そうそう。だからレア武器を使ってる人は少ない……けど、少なくてもいるにはいる。特殊《とくしゅ》能力を持った装備は貴重だから」

確かに、餓狼丸も同じように、他にはない特殊な能力を持っている。だが、そうであるならば、そのレア武器と成長武器にはどのような差があるのだろうか。

「レア武器の場合は、経験値とかは関係なく強化できるわけか」

「その通りだけど……経験値の収集と消費というリスクがある以上、保有している能力は成長武器の方が高い。それに、成長武器の特殊能力は、成長するごとに強化されるって聞いた」

「ほう……アルトリウスが公開していたのか」

「ん。でも、能力の詳細《しょうさい》までは明かされていないけど」

餓狼丸の特殊能力は、広範囲《こうはんい》に亘《わた》るＨＰの吸収だ。現状でも十分強力だと思っていたのだが、それが強化されるというのであれば、効果範囲か、或《ある》いは吸収量か。確かにそのような要素があるのであれば、成長武器がどれだけ強力であるのかが理解できる。

「話を戻すけど、そういうレア武器とかの強化には、ここに書かれているように、主に魔物素材を消費して強化する」

「これを武器の中に組み込むのか？」

「ううん、えっと……素材に篭《こも》っているエネルギー？　魔力？　を抽出《ちゅうしゅつ》して、それを武器に注《そそ》ぎ込む、的な？」

「ふわっとしてるわね……」

「まあ、ニュアンスとしては分かるが……武器のバランスが変わらないならそれでいいか」

重要なのは餓狼丸の、天狼丸重國《しげくに》と同じバランスが保たれているかどうかだ。そこが変わらないのであれば、威力が強化されるのは大歓迎《だいかんげい》である。

「まあとにかく、成長武器もレア武器と同じような方法で強化するみたい。名前繋がりなのか、狼系の魔物素材を要求されてるね」

「そのようだが、いいのか？ 商会の素材を使うつもりみたいだが、必要なら取ってくるぞ？」

「いいよー、ステップウルフ系素材なんて余りに余ってるし。その分ちゃんとお金も取るし」

「ふむ、それならいいが――」

と、そう返したのと同時、こちらへと近づいてくる気配を察知する。

迷うことなくこの作業場へと近づいてくる気配。これは恐らく、先程《さきほど》フィノが呼び出した相手だろう。俺の視線に釣《つ》られるように、緋真たちも扉の方へと視線を向け――そこから一人の女性が姿を現した。

「はぁーい、フィノちゃーん。お姉さんがやってきたわよー」

「やっほーノエ姉。とりあえず素材ちょうだい」

「もう、相変わらずストイックねぇ」

フィノの姿勢はストイックと呼んでいいのかどうかは分からないが、このノエルなる人物はそれほど気にした様子はない。むしろどこか楽しそうな――と言うより若干の艶《なま》めかしさすら感じる仕草に、俺は若干の困惑《こんわく》を抱いた。何というか、妙《みょう》に怪《あや》しい雰囲気《ふんいき》の女だ。

種族は狐《きつね》の獣人族《ハーフビースト》、どこかイブニングドレスのような服装で、大胆《だいたん》に胸元《むなもと》を開いた煽情《せんじょう》的な姿をしている。いい女であることは間違いないが――この手の相手はどうも苦手だ。軍にいた頃《ころ》の厄介《やっかい》な女を思い出す。

「それで、宝石を持ってきたというのは緋真ちゃんだったかしら？　それと――」

「お初にお目にかかる、クオンだ」

「ええ、一方的にだけど知っているわ。私はノエル、細工師よ。うふふ、良いお付き合いにしましょうね」

艶然《えんぜん》と笑うノエルに対し、こちらも軽く礼を返す。緋真とフィノの知己《ちき》であるということは、十分に腕の立つ生産職なのだろう。その点に関しては、信頼《しんらい》してもいい筈だ。

「緋真、宝石を渡してくれ」

「了解です。はい、これですよ、ノエルさん」

「あら、これは……結構な原石ね。これ、どこで手に入れたのか聞いてもいい？」

「あー……鉱脈ではないですよ。聖火の塔にいた中ボスゴーレムです」

「ああ、ゴーレム採掘《さいくつ》なのね。それは残念」

どうやら、そこそこいい原石であったようだ。とは言え、ボスらしいゴーレムはあれだけしか出現しなかった。もう一度奴《やつ》から原石を手に入れようとしても、それは無理な話だ。

「ルビーは火属性強化、トパーズは状態異常耐性《たいせい》ね。ヘリオライトは……確か、光属性の強化だったかしら。形状はどうするの？」

「指輪だと刀を握るのに邪魔だし、ペンダントは引っ張られたら危ないし……先生、どうしましょう？」

「バングル辺りでいいんじゃないか？　一応、篭手《こて》には当たらないようにしたいが」

「成程《なるほど》。ちょっと腕を見せて貰えるかしら？」

そう言いながら近づいてきたノエルに対し、一瞬躊躇《いっしゅんちゅうちょ》しつつも左腕を差し出す。やたらと嫋《たお》やかな仕草で俺の腕を取ったノエルは、そのましげしげと篭手の形状を確認した。

「ふぅん……フィノちゃん、新しいのを作る時にも篭手の形を変えるつもりは無いのかしら？」

「ないよー」

「そう。なら、何とかなりそうね。全てバングルでいいのかしら？」

「俺はそれで問題ないが……お前たちはどうだ？」

「私は大丈夫《だいじょうぶ》ですよ」

「お父様の指示に従います」

ルミナの自己主張の無さは少々気になるものの、他にちょうど良さそうなアクセサリーも思いつかない。二人も特に要求は無いようであるし、とりあえずそれでいいだろう。

軽く肩を竦め、俺はノエルに対し首肯を返した。

「それで問題ない。作製を頼めるか？」

「了解よ。料金は現物ができてからね」

フィノから武具を買う時はあらかじめ金を払《はら》ってしまっているが、そういうパターンもあるのか。確かに、俺はまだ彼女の腕を把握《はあく》してはいない。現物を見てからの購入で問題は無いだろう。

「それじゃあ、素材を預かっておくわ……宝石細工は造るのにしばらくかかるから、完成したら連絡《れんらく》するわ」

「……承知した。しかし、その原石はそんなに良いものなのか？」

「ええ、そもそも宝石自体がまだ品薄《しなうす》だからね。その中で、これだけの大きさの原石はそれこそ滅多《めった》に見ないわ。私の仕事も、宝石無しの細工ばっかりだもの。女の子を飾《かざ》り立てるのには勿体《もったい》ないと思わない？」

「……飾り立てるために宝石とは、また豪快《ごうかい》だな」

「うふふ、私は手は抜かない主義なのよ」

言いながら、ノエルは熱の篭った視線を俺の後ろ——緋真とルミナへと向ける。成程、彼女はこういった類の人間ということか。まあ、堂々と手出しをしてくる様子はなく、単純に着飾《きかざ》らせるのが好きなだけのようだが、一応警戒《けいかい》はしておこう。

そう考えつつ半眼を浮かべた俺に、ノエルは若干苦笑《じゃっかんくしょう》しつつ手を振《ふ》っていた。

「勿論、貴方の分も手を抜いたりしないわよ。職人として、仕事は真っ当にこなすわ」

「それに関しちゃ疑っちゃいないさ。よろしく頼む」

「ええ、任されましょう」

力強く首肯したノエルにとりあえずは安堵《あんど》しつつ、ふと鑑定《かんてい》して貰おうと思っていたアイテムのことを思い出す。しかし、あれは手に入れた場所が場所だから、できればエレノアに直接渡したかったのだが。

どうしたものかと悩《なや》み、黙考《もっこう》していたところに、隣《となり》からフィノの声がかかった。

「話纏まった？　それなら、そろそろ強化しようよ」

「っと、悪いな、待たせちまったか」

待ちきれない、という様子で声を上げるフィノに苦笑しつつ、作業台の方へと戻る。そこには既《すで》に、餓狼丸の前に供えるように並べられた強化素材の数々があった。牙《きば》やら爪やらが置かれている光景は、武器の強化と言うよりは怪しげな儀式《ぎしき》のようにも思える。

「……これで強化するのか？」

「そうだよー。見ててね」

俺の懐疑《かいぎ》の視線に対し得意げに頷いたフィノは、手に持ったハンマーの柄《つか》の底で、机の手前をこつんと叩《たた》く。その瞬間《しゅんかん》、餓狼丸の前に置かれていた素材たちが淡《あわ》い光に包《つつ》まれ始めた。素材から発生した光は、ゆっくりと餓狼丸へと集まり、その内側へと吸収されてゆく。この光が武器の強化に繋がるということか。確かに、フィノの言うように素材の持つエネルギーを注ぎ込んでいるという表現が似合う光景だ。

爪や牙などはそれほどエネルギーを持っていないのか、すぐに光を失い――そして、黒い塵《ちり》と化して消滅《しょうめつ》していた。

（うん？　今の消え方は……何か、見覚えがあるような）

つい先日、同じような消え方をした物体を見た気がしたのだが、果たして何だったたか。しばし黙考していたが、その答えに辿《たど》り着く前に、最も大きな尻尾の光が餓狼丸へと吸《す》い込まれて強化は完了していた。全ての素材が塵と化して消え去り、そして光を吸い込んだ餓狼丸は、先程と変わらぬ姿で作業台の上に置かれている。

これでもう完了なのか、と——俺はフィノに視線で確認してから、この刀を手に取った。

■《武器：刀》餓狼丸　★2
攻撃力《こうげきりょく》：33
重量：17
耐久度《たいきゅう》：-
付与《ふよ》効果：成長　限定解放
製作者：-

能力値を確認してみれば、確かに攻撃力は上がっているようだ。攻撃力は未《いま》だ白鋼の太刀《たち》には及《およ》ばないが、それでも迫《せま》るレベルにまで達している。特殊能力を考えれば、完全に白鋼の太刀を超《こ》えていると言えるだろう。己の武器が強くなっていくのは楽しいものだが、この名刀がと考えると笑《え》みが浮かぶのを止められない。

さて、成長によって能力はどのように変わっているのか——

■限定解放

⇩Lv.1：餓狼の怨嗟《えんさ》（消費経験値10％）

自身を中心に半径31メートル以内に黒いオーラを発生させる。
オーラに触れている敵味方全てに毎秒0．2％のダメージを与《あた》え、
与えた量に応じて武器の攻撃力を上昇《じょうしょう》させる。

ふむ……頭の所についているレベルは、この武器のレベルではなかったのだろうか。或いは、この能力を使えるようになるレベルとかか？

その場合であれば、今後レベルが上がっていけば新たな能力を使えるようになるのだろうか。ともあれ、効果は若干ながら効果範囲が広くなっている。どちらかと言えば吸収量が増えて欲《ほ》しかったところであるが、流石にこれが増えるのは強すぎるか。

「どう、いい感じ？」

「ああ、満足だ。このままどんどんと強化していきたいところだな」

「ん……私も、餓狼丸がどこまで強くなるのか見てみたい」

満足げに笑うフィノに、俺もまた笑みで返す。どのような成長を遂《と》げるにせよ、まだまだ餓狼丸は強くなれる。どこまで行くことが出来るのか、楽しみにさせて貰うとしよう。

第七章　騎士団の依頼

『エレノア商会』での用事も思ったより早く済み、俺たちはさっさと騎士団に移動した。

俺が来るという話は既に伝わっていたようで、騎士団の紋章《もんしょう》を見せる必要も無く、以前にクリストフと話をした会議室へと通される。そこにはまだ誰《だれ》の姿も無かったが、俺たちはとりあえず、促されるまま席に座《すわ》った。果たしてどのような話になるのかと思いつつも一息つき――じっとこちらを半眼で見つめていた緋真《ひさな》へと視線を返す。

「で、お前はさっきから何だ」

「……先生、ノエルさんのことじっと見てましたよね」

「あん？　まあ、それは確かに見ていたが」

どうにもあの怪しい雰囲気が苦手で警戒してしまったが、当人は決して悪い人間ではなかった。国連軍にいた頃、あれと似たような雰囲気の女がいたのだが――奴は悪辣《あくらつ》という言葉がこれ以上ないほど似合う女だった。

作戦の立案とオペレータを兼任《けんにん》している人物だったのだが、何をどうしたらそんな作戦を思いつくのか、と言いたくなるようなことばかりを口にしていたのだ。尤《もっと》も、それのおかげで生き延びられた戦場も多かったため、あまり文句もつけられないのだが。

アルトリウスを悪辣さに特化させたらあのような作戦を立てるようになるだろう。彼には是非《ぜひ》、今のままでいて貰いたい。何しろあの女、俺とジジイの能力と、軍曹《ぐんそう》の行動を把握した上でギリギリの作戦ばかりを立案してくるのだ。流石《さすが》の軍曹も、あの女相手には苦手意識を抱いていたようだ。

「ふーん……先生って、ああいう人が好みなんですか」

「あん？　ああ、そっちの話か……」

お前も面倒臭《めんどうくさ》い奴だな、と言いそうになって口を噤《つぐ》む。以前、女性隊員にそれを口にして、しばらく説教を受けた経験があった。

小さく嘆息《たんそく》し、そして苦笑を浮かべながら緋真の額を弾《はじ》く。

「お前は妙なことを気にしすぎだ。と言うか、俺としてはあの手の人柄《ひとがら》は苦手なタイプだ」

「いたっ……そうなんですか？　ノエルさん、凄《すご》く美人ですけど」

「まあ、そりゃ認めるがな。いい体していたし」

「……先生？」

「そう怒《おこ》るな、一般論《いっぱんろん》だ」

ノエルが美人であることは否定できない事実であった。顔の造作もかなり自然であったし、リアルからして美人であることは間違いないだろう。

だが、それでも苦手であることに変わりはないのだ。

「何と言うかなぁ……ああいう、〝女〟を武器にしているタイプは苦手なんだよ」

「そう……なんですか？」

「ああ、俺も軍曹もどれだけいいように扱《あつか》われたか……いや、それは良い。とにかく、女としての好みからは外れてるよ」

俺の返答に、緋真は若干安心したように、同時に気まずそうに視線を彷徨《さまよ》わせる。相変わらず、こいつは思っていることが顔に出やすいタイプだな。戦っている時は表情を取り繕《つくろ》うことはできるくせに、何故《なぜ》普段《ふだん》はこうも感情を隠《かく》せないのか。

まあ、あまり隠しすぎるのも考え物なのだが。

「えっと……それなら、その……せ、先生の好みって――」

「失礼する――済まん、待たせてしまったな」

と――緋真が問いを投げようとしたその瞬間、会議室の扉が開く。そこから入ってきたのは二人の人物。騎士団長クリストフと……ノースガード砦《とりで》の指揮官、グラードだった。

その姿に、俺は今回の話の概要《がいよう》をある程度察知する。まず間違いなく、ノースガード砦に関連する話だろう。

「久しぶりですね、団長殿、そして指揮官殿」

「ああ、今回の事件では、お前には本当に助けられたな。礼を言う」

「いえ、我々にとっても益のあることでしたので」

腰《こし》に佩《は》いた餓狼丸を意識しながら、俺は笑みと共にそう返す。戦い自体もそうだが、この武器を手に入れられたことも大きな収穫《しゅうかく》だった。今回の戦いは、実に満足できる結果だったと言えるだろう。

とはいえ、全てが解決したわけではない。と言うか、そもそも悪魔《あくま》との戦いはここからが本番だ。奴らの侵攻《しんこう》を妨《さまた》げたといっても、それは氷山の一角に過ぎない。戦火は世界中に広がっているのだから。

「さて……それで、団長殿。今回我々を呼び出した理由をお聞きしても？」

「ふむ、と言っても、既にある程度予想はついているようだが……」

「私がここにいる時点で、どのような話であるかは分かっているようですな」

クリストフの言葉に、グラードは軽く肩を竦めながらそう口にする。まあ、彼がここにいる時点で、ノースガード砦に関連する話であることは間違いないだろう。

俺の視線を受けて、グラードは僅《わず》かに笑みを浮《う》かべながら言葉を引き継《つ》いでいた。

「まずは、先日の助言に感謝する。君のおかげで、私は部下を死なせずに済んだ」

「礼を言われる話ではないでしょう。戦わずに退いたとなれば、貴方にとっては名に傷がつく話であったはずだ」

「それは部下の命に代えられる話ではないとも。それに、こうして挽回《ばんかい》の機会を得ることもできたしな」

「ということは、やはり――」

「そうだ。今回貴殿《きでん》に来てもらったのは、ノースガード砦の奪還《だっかん》作戦に参加して貰いたいからだ」

どうやら、以前にした助言の通り、彼らは砦から撤退《てったい》していたらしい。事前に脱出《だっしゅつ》できていたのであれば、彼らの中に死傷者はいないだろう。尤も、指揮官である彼は処罰《しょばつ》を受けた可能性も高い。敵前逃亡《とうぼう》と言われても否定はできない状況《じょうきょう》だったはずだ。提案した身としては少々申し訳なくも思うが、彼が納得しているのであればそれでいいのだろう。

「ふむ……現在の砦は、悪魔に占拠《せんきょ》されている状態だと？」

「ああ、それは間違いない。騎士団《きしだん》の斥候《せっこう》が確認している。奴らは、砦に立てこもっている状態だ」

「となると、砦攻《ぜ》めというわけですか」

小規模とは言え攻城戦《こうじょう》だ。それはノウハウのある騎士団でなければ難しい仕事だろう。先ほどグラードも挽回の機会と言っていたし、今回の話は騎士団の主導で行うことになるはずだ。それについては問題ないのだが――

「いくつかお聞きしても？」

「ああ、構わない。疑問が解消されるまで聞いてくれ」

「では……今回は、騎士団の仕事でなければならない話の筈ですが、我々が参加してもよろしいので？」

「問題はないとも。君たちの主導で行われた作戦であるとなると拙《まず》いが……今回は、こちらで作戦指揮を行う」

「成程。では次に、我々だけにその依頼をするつもりですか？」

潜入《せんにゅう》作戦であれば少数での対応であるべきだが、今回は砦攻め。当然ながら、数が必要となる戦いだ。俺《おれ》たちが入っただけでは大差ないと思われるのだが。

そんな俺の疑問に対し、クリストフは頷きながら返答していた。

「正確に言うと、少々異なるな。私は、異邦人《いほうじん》としてのお前に、このクエストを提示する」

そう、クリストフが告げたその瞬間――俺たちの目の前に、一つのウィンドウが表示された。そこに記載《きさい》されていたのは、クエスト発生の案内だ。クリストフは――いや、アルファシア王国騎士団から、異邦人たちへと向けたクエストである。

『フルレイドクエスト《ノースガード砦の奪還》が発生しました』

「フルレイドクエスト!?　マジですか!?」

「フルレイドって言うと……六十人で組むとかいうアレか」

「正確に言うと10パーティですけどね。レイドクエストっていうのは、レイドを組んだ状態じゃないと受けられないクエストです。しかもフルレイドとなると、10パーティは必須《ひっす》……こんなの初めて見ましたよ」

どうやら、緋真からしても驚愕《きょうがく》すべき内容であったようだ。

俺からしてみれば、砦攻めに六十人増やす程度でいいのか、と言いたいところだったが――まあ、鉄砲玉《てっぽうだま》として突撃《とつげき》できる異邦人ならば多少の無理も利《き》くし、便利と言えば便利か。

「レイドクエスト自体が貴重なのに、フルレイドは本当に初めて聞きました。今までは最大でもハーフまでだったのに……」

「まあ、とにかく……要するに六十人集めてこい、という話だと判断しても？」

「ああ、お前が信頼できる相手であれば構わない。是非仲間を集めてきてほしい」

前代未聞《ぜんだいみもん》のクエストである件はともかくとして――これは、最高のタイミングであったかもしれない。何しろ、俺たちはまさに今日、大きな同盟を結んだばかりだったのだから。

　さて、となれば——

「心当たりがあります。今すぐに呼び出しても？」

「本当か？　ああ、それはすぐに頼《たの》みたい。お前の名前を出せば、ここに通すように通達しておこう」

　クリストフの言葉に頷き、俺はフレンドリストから二人の名前を呼び出す。あの二人のことだ——必ず食いついてくることだろう。

＊　＊　＊　＊　＊

　通話を入れてから、およそ三十分後。しばし雑談をして時間を潰《つぶ》していた俺たちの下に、二人のプレイヤーが到着していた。他でもない、エレノアとアルトリウス——の代わりとして遣《つか》わされたKだった。

「お初にお目にかかります、騎士団長殿《どの》。私はK、クラン『キャメロット』がマスター、アルトリウスの補佐官です。大変申し訳ありませんが、アルトリウス当人は現在、聖火の塔解放の遠征中《えんせい》……その代役として、私が参りました」

「騎士団長様のお噂《うわさ》はかねがね。『エレノア商会』の会頭、エレノアと申します。以後、お見知りおきを」

「ああ、急な呼び出しによく来てくれた。アルファシア王国騎士団の騎士団長、クリストフ・ストーナーだ」

Kの言葉通り、アルトリウスは現在、俺が向かったものとは別の聖火の塔に向かっているらしい。彼《かれ》の所ならば人材は豊富だし、特に苦戦することも無いだろう。

それよりも、今はこちらの話だ。

「さて、それでは早速ですが、話を進めさせていただきましょう。フルレイドクエスト、つまり我ら異邦人を六十人集めたいということでしたが……」

「その通りだ。我々はクオンの戦闘《せんとう》能力を高く評価している。彼の選抜《せんばつ》した者たちであれば、確実に作戦の助けとなってくれるだろう」

「成程、クエストを受注したのはあくまでもクオン殿であり、彼の下に異邦人が集まる形になるという訳ですね」

挨拶《あいさつ》もそこそこに、Kは状況の把握を始める。

騎士団と個人的な繋がりがあるのは俺であり、クリストフは俺自身を評価してこのクエストを発令した。つまり、このクエストはあくまでも俺のモノであるということであり、その参加者は俺個人の判断で決めていいということだ……またけったいなことになったものだな。

「団長殿、この二つのクランは俺が個人的に同盟を結んでいる相手です。クランとしても規模は最大級、優秀《ゆうしゅう》な人員が集まっています」

「お前がそこまで評価するほどか……であれば、作戦の参加に不足はあるまい。だが、どのように参加する？」

「メインとして人員を多く出すのは『キャメロット』——ということでいいか？」

「そうね……クオン、うちのメンバーを三人、貴方《あなた》のパーティに加えてもいいかしら？」

「構わんが、付いてこられるのか？」

「いや、貴方に随行《ずいこう》させるのは無理でしょうから、ただ加えるだけよ」

「ふむ……まあ、構わんが」

エレノアの所ならば、変に出しゃばろうとして邪魔《じゃま》をすることも無いだろう。そう判断して、俺は彼女《かのじょ》の言葉に首肯《しゅこう》する。

「それなら……ウチから十五名、『キャメロット』から四十一名ってところじゃないかしら」

「ほう……よろしいのですか、エレノア殿？」

「ええ。その代わり、攻城兵器についてはうちで作製させて貰《もら》うわよ」

強《したた》かに笑うエレノアの言葉に、思わず苦笑《くしょう》する。戦闘能力で言えば『キャメロット』に大きく劣《おと》る『エレノア商会』であるが、その生産能力や研究開発については非常に優秀だ。スキル的にも、生産側に回った方が都合がよいということだろう。

「うちの一部メンバーはクオンのパーティに加わり、残り2パーティの十五名でアイテムのメンテナンスや支援《しえん》を行うわ。『キャメロット』は――」

「クオン殿と肩《かた》を並べて、最前衛での戦闘でしょう。提供された攻城兵器を利用して砦に取り付き、砦の内部を混乱させる。そして――」

「敵の足が鈍《にぶ》ったところに、我々が攻撃《こうげき》を仕掛《しか》けると。しかし、それは君たちを囮《おとり》に使うような形になるが……」

「構いませんよ。火事場には慣れておりますので」

こちらに視線を向けながら返答するKに、どういう意味だと半眼を返す。実際、先日のイベントではかなり無茶《むちゃ》をさせてしまったことは否《いな》めないが。

「それで、このクエストはいつから開始になるのですか？」

「ふむ。準備が完了《かんりょう》し次第《しだい》、というところだな。可能であれば、三日後までに」

「三日後⁉」

ということは、リアルで言えば一日後だ。随分《ずいぶん》と急な話にエレノアは驚愕の声を零《こぼ》す。

だが、現在の状況から判断すればそれでもギリギリだろう。

Kもそれを理解しているのか、若干《じゃっかん》視線を細めながらエレノアに対して告げていた。

「現在のところ、騎士団の損耗《そんもう》はほぼ皆無《かいむ》であり、対して悪魔の軍勢は大打撃《だいだげき》を受けた状況です。つまり、相手が態勢を整える前に攻めた方が有利に働くのですよ」

「騎士団も急いで準備しているところだろうさ。悪魔に援軍《えんぐん》が来る前に叩き潰す、拙速《せっそく》が吉《きち》だ」

「言われてしまったが、我々もそのように見込《みこ》んでいる。可能な限り、急いで準備を行いたい。君たちには負担をかけてしまうが――」

「……いえ、了解《りょうかい》です。何とかするとしましょう」

そう告げて、エレノアは不敵に笑う。彼女は有言実行する女だ、こう口にした以上は何とかするだろう。こちらはこちらで、どう攻めるかを考えておくこととしよう。

初の経験となる砦攻めに、俺は思わず口元に笑みを浮かべたのだった。

第八章　フルレイドクエスト

騎士団長との話を終えて、翌日。俺たちは、エレノアから伝えられていた時刻に合わせて、ゲームにログインした。

どうやらエレノアたちは、予告通りきっちりと丸一日で準備を終えてみせたようだ。集合場所は、話し合いを行った騎士団の詰《つ》め所《しょ》——ではなく、王宮の北側の門だった。どうやら、俺たちはそこで騎士団の行軍に合流することになるらしい。

（街の外に出てから合流もあり得るかと思っていたんだが……思ったより好待遇《こうたいぐう》だな？）

街の中を騎士団が進むということは、パレードの意味合いも含《ふく》んでいるはずだ。騎士団の力を示し、そして悪魔を駆逐《くちく》してみせるというパフォーマンスである。そのため、部外者である俺たちを隊列に加えることはないかと考えていたのだが——さてはアルトリウス辺りが何かしたのか。

まあ何にしろ、それが向こうの判断であるのならば仕方あるまい。今回の依頼主《いらいぬし》である訳だし、その辺りの指示には従うしかないだろう——尤も、戦い方は好きにさせて貰うつもりだが。頭の中で戦略を練りつつ集合地点へと到着《とうちゃく》すれば、そこには既に同盟を結んだ二つのクランの面々が集合していた。時間に遅《おく》れたわけではないのだが、既に大半が集合しているようだ。

「待ってましたよ、クオンさん」

「おう、アルトリウス。聖火の塔《とう》の攻略《こうりゃく》は終わったのか？」

「ええ、ランタンも手に入れましたよ」

あの作戦会議の後、俺はエレノアに聖火のランタンを一つ預けていた。

予想していた通り、あれはいくらでも使える魔物《まもの》避《よ》けのアイテムのようで、地面に置くと周囲が安全地帯へと変わるらしい。安全地帯となった場合は当然テントも張れるし、テントがあればその場でログアウトが可能だ。ちなみに、地面に置いた場合は他のプレイヤーには触《さわ》れなくなるようで、ログアウトしている間も盗難《とうなん》の心配はない。

この情報は塔を攻略中のアルトリウスにも伝えられたようで、彼らもしっかりとランタンを手に入れたようだ。中々巧妙《こうみょう》に隠されてはいたが、あると分かっていて探せば見つけられないものでもないか。

「で、アルトリウス。今回はどうするつもりだ？」

「どう、と言われましても……今回の作戦は、あくまでも騎士団がメインですからね。僕《ぼく》たちは外部協力者ですよ」

「否定はしないが、大人しくしているつもりも無いんだろう」

「ははは、それは勿論《もちろん》」

虫も殺さなそうな爽《さわ》やかな笑みで首肯するアルトリウスに、こちらもにやりとした笑みを返す。確かに、今回の作戦の主導は騎士団であり、俺たちはただそれに協力する立場だ。しかしながら、それにただ従うだけというのも面白《おもしろ》くないだろう。

俺自身、久遠神通流《くどうじんつうりゆう》の剣士《けんし》として、誰かに言われたからと剣を振るうつもりは無いのだ。

「今回のクエストでは、僕たちに独自の指揮系統を認めて貰えました」

「正直、無茶な要求だと思ったのだけど……あの騎士団長様、中々柔軟《じゆうなん》な人ね」

「……お前さんらの相手をさせられた団長殿には同情するさ」

「言うじゃない。まあ、色々と交渉《こうしよう》はさせて貰ったけどね」

横からかかった声に視線を向ければ、そちらには『エレノア商会』の面々を引き連れたエレノアの姿があった。

今回のクエストでは、俺のパーティにはエレノア商会から三人が加わる予定となっている。具体的にはエレノア、勘兵衛《かんべえ》、フィノの三人だ。商会では最古参の三人とのことである。尤も、ただパーティを一緒《いつしよ》にしているだけで、隣に並んで戦うというわけではないのだが。というか、さすがに彼女たちでは俺や緋真《ひさな》の戦闘には付いてこられないだろう。

　エレノアたちへと向けてパーティ参加の申請《しんせい》を飛ばしながら、俺は彼女へと問いかける。

「それで、具体的にはどう動くわけなんだ？」

「クオンさんがイメージしていた通り、僕たちは一番槍《いちばんやり》として動きます。いの一番に突《つ》っ込《こ》んで、敵陣《てきじん》を混乱させる役割ですね」

「攻城戦用の道具……梯子《はしご》や破城槌《はじょうつい》も用意しているわ。私たちのレイドの作戦目的は門の解放か破壊《はかい》になるわね」

「成程、そこを騎士団が制圧するわけか」

　美味《おい》しい所を持って行かれている、と言えるかもしれないが、そこは数で勝る騎士団の仕事だろう。流石に、六十人だけで砦を制圧することは不可能だ。

　ともあれ、やることは単純だ。突撃して、蹂躙《じゅうりん》する。目についた悪魔共を片端《かたはし》から斬《き》っていけばそれで済む話だ。そうすれば、自然と目的を達成していることだろう。

「やることは分かった。それじゃあ準備するが……俺がリーダーでレイドを組むんだったか？」

「ええ、クオンさんがクエストを受注していますからね。貴方がリーダーじゃないと受けられませんよ」

「先生、パーティ画面を開いてください。そこにレイド結成のコマンドがありますから」

緋真に説明された通り、俺はメニューを操作して、パーティ編成の画面を呼び出す。緋真の指差す部分を確認《かくにん》すれば、確かにレイドパーティ結成というボタンが存在していた。それを押《お》してみれば、出現した画面には多くのプレイヤーの名前が表示される。どうやらこれは、この周囲にいるパーティリーダーの名前のようだ。この中からいくつかを選んで決定すれば、レイドパーティの結成ということになるのだろう。

「うちのパーティはこの二つね」

「『キャメロット』からの参加者はこれとこれとこれと……ええ、それで全部ですね」

「ほう、意外と簡単なんだな」

操作自体は簡単だが、六十人規模の軍団などまるで管理できる気がしない。やはり、俺は将としての能力に欠けているということなのだろう。その点、アルトリウスは普段《ふだん》からこれ以上の人数を率いている。見習いたいとは言わないが、素直《すなお》に感心してしまうものだ。

しかし、これだけの数と一緒に同じクエストをこなすというのは、少々新鮮《しんせん》に感じる。まあ、この間のイベントの時は更《さら》に多くの数だった訳だが、正直普段のパーティで戦闘を行っていた印象しかない。やはり、あれは少しやり過ぎだっただろうか。

先の戦いについて反省しようとしたちょうどその時、何やら後方から喧騒《けんそう》が届いてきた。

騎士団が動き始めたのかと思ったが、どうやら騒《さわ》いでいるのはプレイヤーのようだ。

「やっぱり絡《から》まれたわね」

「僕たちが集合している時点で、何かあると言っているようなものですしね。一応、話をしに行きましょうか」

やれやれと肩を竦《すく》めるエレノアと、笑みを崩《くず》さぬアルトリウス。その二人に続いて騒ぎの方へと近づいていってみれば、そこには言い争いをする数人のプレイヤーの姿があった。

「だから、貴方たちを加える枠《わく》などないと言っているでしょう！　邪魔だからさっさと消えなさい！」

「ほう、それはつまり、『キャメロット』がクエストを独占《どくせん》するということですか？」

あれは――確か、スカーレッドとか言う『キャメロット』の部隊長と、ええと……『クリフォトゲート』の何か騒いでた奴か。『キャメロット』が集まっている所にクエストの気配を感じ取って絡んできたのだろうが、懲《こ》りずにこんなことをやっているとはな。

しかし、クエストに加わりたいという話であれば、その受注者である俺が出ないわけにはいくまい。俺は思わず口元を笑みに歪《ゆが》めながら、その一団に対して声を掛《か》けた。

「よぉ、早速《さっそく》来てくれたのか、お前たち」

「はい？　何、を……ひぃっ⁉」

「敵に回すだのなんだのと、愉《たの》しい話をしていたからな――早速《さっそく》襲《おそ》いに来てくれたんだろう？」

嘲笑《ちょうしょう》を浮かべながら、俺はゆっくりと餓狼丸《がろうまる》を抜《ぬ》き放つ。鈍く光を反射する刃は、顔色を変えた『クリフォトゲート』の連中の姿を映してギラリと輝《かがや》く。そんな俺の言葉に、確かマーベルとかいう名前の男は恐怖《きょうふ》に引き攣《つ》った表情で後ずさっていた。

「さて、何人で来る？　クエスト前の腹ごなしといこうじゃないか」

「おいおい、待ってくれよ！　俺はアンタと敵対するつもりは無いぜ、クオン」

「ほう、ならば何をしにここに来た。俺のクエストを今まさに邪魔しているわけだが？」

「……アンタの？　『キャメロット』のじゃないのか？」

「俺が受けたクエストに、『キャメロット』と『エレノア商会』が協力している。受けたのはあくまでも俺だ」

正直な所、クエストと言うよりは、純粋《じゅんすい》な依頼をクエストというシステムに落とし込んだような印象を覚える。俺に対して話が来たのは、単純に騎士団との繋《つな》がりがあったからだろう。後は、砦で撤退の進言をしたからか。何にせよ、通常のクエストとは随分と毛色の異なるものだ。

そんなことを考えている中、刃を抜いた俺を恐《おそ》れることなく、『クリフォトゲート』のマスターであるライゾンは話を続ける。

「ならクオン、俺たちを雇《やと》えよ。『キャメロット』の奴《やつ》らより俺たちの方がレベルは高いぜ」

「なっ、ロクに連携《れんけい》もできない烏合《うごう》の衆の分際で、アルトリウス様を侮辱《ぶじょく》するなど――――！」

「阿呆《あほう》。緋真以外のプレイヤーなど、個の実力は全員五十歩百歩だろうが」

淡々《たんたん》と告げたその言葉に、周囲のプレイヤー全員が、呆気《あっけ》に取られた表情で俺を見つめる。とは言え、これは偽《いつわ》らざる正直な感想だ。プレイヤーたちは、どいつもこいつも戦う人間ではない。俺が認める人間はほんの一握《ひとにぎ》りだ。

「辛《かろ》うじて『キャメロット』の上位陣《じょういじん》はそこそこだがな。それでも、個々の実力という面ではそれほど評価していない」

「な、なら、どうして……」

「個人の戦闘能力は普通《ふつう》だが、アルトリウスの指揮能力は評価している。その指揮下にいる『キャメロット』の集団戦闘能力もな。俺は『クリフォトゲート』全員を相手にしても殺しきれる自信はあるが、『キャメロット』全員では苦戦すると判断している」

アルトリウスは、将としての能力は間違《まちが》いなく高い。戦場の経験を持つ俺でも、そこまで上手《うま》く部隊を指揮することはできないだろう。こいつが指揮する『キャメロット』の総員を相手にした場合、果たして切り札を使い尽《つ》くしても勝てるかどうか。

「故《ゆえ》に、お前たちでは背中を預けるには足りん。そもそも、現地人を碌《ろく》に見もしないお前たちでは、騎士団との協力など望めないだろうからな」

「……アンタのクエストだろ、何でNPCの話が出てくるんだよ」

「俺は彼らから協力を依頼された。ならば、万全《ばんぜん》を尽くしてその期待に応えねばならん。これは遊びじゃないんだ、お前らでは、その『万全』にはほど遠い」

「これはゲームだろうが！　何でNPCの都合に合わせなきゃならないんだよ⁉」

「――殺し合いに、遊びもクソもあるものかよ」

じわりと、殺気を滲《にじ》ませてそう告げる。

その声にライゾンは目を見開いて言葉を詰まらせ、マーベル以下は悲鳴を上げて後ずさりしていた。そんな彼らへと向けて、俺は本気の口調で続ける。

「彼らは命を懸《か》けて戦おうとしている。国のために死地に向かおうとしている。これは確かにゲームだが、遊びで命の奪《うば》い合いなどするものか」

「なん、だよ……そりゃ……アンタ、NPCのことを、何だと思ってるんだ……」

「決まっている、彼ら現地人は人間だ」

ざわめく周囲など気にも留《と》めず、俺はそう宣言する。

たとえプレイヤーたちがどう考えていようと知ったことではない。彼らは人間であり、護《まも》るべき弱者であり、肩を並べるべき戦士なのだ。

「言葉を話し、物を考え、幸福に笑い、悲劇に泣く。俺たちと彼らの間に、違《ちが》いなどあるものか。血肉でできていようが、データでできていようが――彼らは俺たちと同じ人間だ」

「ッ……！」

「その上で問うぞ、小僧《こぞう》。お前は、彼らの命に責任を持てるのか」

戦勝に喜んだ民や騎士《きし》たちがいた。父親の死に涙《なみだ》を流した少女がいた。故にこそ、虚言《きょげん》も、適当な返答も許さない。俺は太刀を握《にぎ》ったまま、逸《そ》らすことなくライゾンの瞳《ひとみ》を見つめて問いを投げる。

――お前は、死地に赴《おもむ》く騎士たちの命を背負えるのか、と。

「俺、は……」

「――その辺でいいでしょう、クオンさん。そろそろ、向こうも準備が終わりそうですよ」

言葉に詰まり、沈黙《ちんもく》するばかりであったライゾン――彼に助け舟《ぶね》を出すかのように、アルトリウスが横から口を出していた。じろりとその顔を睨《にら》みつけるが、アルトリウスが笑《え》みを崩すことはない。相変わらず、随分と肝《きも》の据《す》わった男だ。

「……ふん、まあいい。今のに返答できぬのであれば、やはり連れていくことはできないな」

「今更《いまさら》変えられても困りますけどね……さて、クオンさんの言葉を受け入れられない『クリフォトゲート』の皆《みな》さんには、分かりやすくこう言いましょう」

その美貌《びぼう》でにこりと笑い、けれど瞳の奥《おく》に底知れぬ光を宿しながら、アルトリウスは声を上げる――まるで、宣告するかのように。

「貴方たちは、『NPC』からの『信用度』が足りない、だから『クエストの受注条件』を満たしていない。今のままの貴方たちでは、ずっとクエストを逃《のが》し続けるでしょう」

「……そう、かよ」

アルトリウスの告げたその言葉に、ライゾンは舌打ちし――どこか、失意を交えた表情で踵《きびす》を返す。彼が僅かに零した言葉の中には、確かな葛藤《かっとう》が存在していた。果たして、俺たちの言葉をどう受け取ったのか……それは、今後の連中の動き次第で分かるだろう。

「……随分と連中に寄った説明をしたものだな、アルトリウス」

「ああでもしないと、彼らも納得《なっとく》できなかったでしょうからね。できれば、これがきっかけになってくれることを願いますよ」

アルトリウスは、どうやら俺に近い考えを抱《いだ》いているらしい。細められたその目の中にあるのは失望か、或《あ》るいは期待なのか。

恐らく、少しでも俺たちの考えに賛同してくれることを願っているのだろう。

「……さて、そろそろ騎士団の方々も出発する時間です。僕たちも準備するとしましょう」

「ああ、行軍の指揮はお前さんに任せるぞ」

「ええ、任されました。行きましょう、クオンさん」

表情を笑みへと戻《もど》し、アルトリウスは踵を返す。

――クエストの開始は、もうすぐそこまで迫《せま》ってきていた。

第九章　ノースガード砦

展開した部隊と共に、北東へと向かう。形としては、列をなして進む騎士団の後ろに続くように行軍していた。その先頭に立っているのは俺とアルトリウス。集団の指揮に秀《ひい》でた彼と、騎士団と顔見知りである俺を前に出す形だ。

ちなみに、『エレノア商会』の面々は『キャメロット』の部隊に囲まれ、護衛される形で進んでいる。別に物資を外に出して運んでいるというわけではないのだが、念のためということだろう。

「そろそろ到着だな。敵はどう動くと思う？」

「そうですね……状況からして、籠城《ろうじょう》する可能性が一番高いと思います」

「あいつらが増援《ぞうえん》を待つと？」

「向こうから打って出てくるというのであれば実に好都合ですが、わざわざ地の利を捨てる理由も無いでしょう。悪魔は本来大軍勢のようですし、隣《となり》の国から増援がやってくる可能性も否定できない」

籠城というのは前提として、味方の援軍がやってくるまで耐《た》え忍《しの》ぶという戦術だ。奴らが援軍を待っているのであれば、砦を最大限利用しての防戦を仕掛けてくるだろう。そうなると、やはり想定通りの砦攻めだ。城壁《じょうへき》をどうにかするか、門をどうにかするか——まあ、既《すで》にある程度想定はしているので、そちらについては何とかなるだろう。

「ん……どうやら、先頭が到着したようですね。僕たちは横にずれて進みます」

「一番槍だからなぁ。先陣《せんじん》を飾《かざ》るからには派手に行きたいところだ」

「あんまりやり過ぎないでくださいよ？」

足を止めた前列の騎士たちの横を進み、軍の最前線まで足を進める。到着した先で見えたノースガード砦の上部には、確かに悪魔共の姿が散見される。だが門は閉ざされ、悪魔共がこちらに攻撃を仕掛けてくる気配はない。まだ魔法《まほう》の有効射程外というのはあるだろうが、連中も思ったよりは理性的なようだ。

さて、どう切り崩すか——頭の中でイメージを描《えが》いていたところに、横から声がかかる。現れたのは、今回の騎士団側の指揮官であるグラードだった。

「到着だな。ここからが本番だ」

「そちらの本番はまだ先でしょう。先に、俺たちが暴れさせてもらいますよ」

「ふっ、そうだったな」

今回の作戦は、彼の失態を打ち消すためのものでもある。俺の進言によって撤退を選んだのだから、その協力はしなければならないだろう。

さて、さっさと門をこじ開けるとして……あの城壁をどうやって攻略するかだな。

「では、先陣はお前たちに任せる。必要であれば戦力を出すが」

「大丈夫《だいじょうぶ》ですよ。既に作戦は組み上がっていますので」

「そいつは俺も聞きたいんだがな。お前、一体どうやって攻めるつもりだ？」

口で言うのは簡単だが、攻城戦というものは中々に難しい。

まず門を破って中に入らなければならないわけだが、生半可な攻撃では門の破壊は不可能だ。かといって、鈍重《どんじゅう》な攻城兵器で門を狙《ねら》おうとすれば、城壁の上から狙い撃《う》ちにされるだけだ。

では、梯子などで城壁を登った場合はどうか。こちらはある程度のスピードが出るため狙い撃ちはある程度避《さ》けられるが、少数でしか登れないため敵陣の制圧は難しい。であれば、どうやって砦攻めを行うか――その答えを、アルトリウスは既に見出《みいだ》していた。

「全体を7班に分けます。梯子での攻撃を6班、そして破城槌での攻撃を1班です。まずは梯子で城壁の確保を、その上で破城槌で門を破ります」

「オーソドックスだが……梯子攻めもそう簡単な話じゃないぞ？　数が少ない以上、各個撃破《げきは》は避けたいだろう」

「ええ、当然です。なので、梯子を掛ける前に城壁の上を混乱させます」

「何だ、矢で狙いでもするのか？」

遠距離攻撃《えんきょりこうげき》で牽制《けんせい》し、相手が混乱したところに梯子を掛けて上を押さえ、その間に門を破る。城攻《ぜ》めとしてはオーソドックスな戦法だろう。だが、アルトリウスにしては少々普通過ぎる。何か企《たくら》んでいるのだろうか、と——疑問を抱いたちょうどその時、エレノアが横から俺の肩を叩《たた》いてきた。

そちらへと視線を向け、その手の中にあるものを目にし、思わず半眼を向ける。

「貴方はこれを使ってね、クオン」

「クオンさんと、ルミナさんに先行してもらいます。それで城壁の上部を混乱させている間に梯子を掛ける作戦です」

「……おい、これ鉤縄《かぎなわ》じゃねぇか」

頑丈《がんじょう》なロープと、その先端《せんたん》に結びつけられた熊手のような金具。どこからどう見ても鉤縄だった。まさか、このようなアイテムまで用意していようとは。

「貴方なら扱《あつか》えるかと思ってね」

「まあ、確かに扱えるけどな……先に二人だけで突撃してこいってか」

「ルミナさんは着地せず、上空からの魔《ま》法《ほう》攻撃に徹《てっ》すれば悪魔《あくま》からの攻撃も避けられるでしょう。クオンさんについては……別に心配はいらないですよね？」

「言ってくれるな……まあいいさ、期待には応えてやるよ」

「存分にどうぞ。動画撮影《さつえい》はしっかりやりますので」

「映像は公開する約束だったな。分かってるよ」

苦笑しつつ、エレノアが差し出した鉤縄を受け取る。

ロープの強度を確かめ、鉤縄の返しなども見て、使用に耐えられる状態であることを確認する。正直それほど使った経験があるわけではないのだが、似たようなものを使って動き回ったことがある。まさか、あんなスパイ映画じみたことをやらされるとは思わなかったが――その経験が後に生きることになるとは、人生も分からないものだ。

俺が鉤縄の調子を確かめている間にも、アルトリウスの部隊展開は進む。梯子を利用する6班は、それほど広く展開することなく、まるで弧《こ》を描くように砦《とりで》へと向き合う。本来であれば数に任せた全方位からの攻撃が望ましいが、今はそれだけの数を準備できる状況ではない。そのため、互《たが》いにフォローし合える距離《きょり》を保ったままの攻撃を選んだのだ。

各班には『キャメロット』から1パーティ、そして『エレノア商会』から二名が付く。牽制と戦闘は『キャメロット』側が、そして梯子の修理を『エレノア商会』の二名が担当するのだ。敵の攻撃に晒《さら》される危険な位置であるが、彼らがどれだけスムーズに動けるかは俺とルミナにかかっているだろう。

「さてと……そろそろ、準備も完了しますが、そちらはどうですか？」

「問題はない。いつでも行けるさ」

「では、僕の合図で作戦を開始します。任せますよ、クオンさん」

「ああ、道はしっかりと切り開いてやるとも」

鉤縄を右手に持ちぶらぶらと揺《ゆ》らしながら、左手で小太刀《こだち》を抜き放つ。

片手が埋《う》まっている以上、使えるのは小太刀だけだ。尤《もっと》も、上に登るまでは迎撃《げいげき》程度にしか使わないだろうし、これで問題は無いのだが。

きびきびと動く『キャメロット』の面々は、あっという間に部隊を分け、所定の位置で準備を開始する。尤も、彼ら自身の準備などそれほど多くはない。必要なものはインベントリにあらかじめ入れてあるため、単純に位置に着くだけで準備は完了するのだ。

「クオンさん、グラード殿。これで準備は完了です。いつでも作戦を開始できますよ」

「そうか。では――総員、傾注《けいちゅう》！」

アルトリウスの言葉を受け、グラードは騎士団《きしだん》の面々へと向けて強く声を上げる。空気をびりびりと震《ふる》わせるほどのその叫《さけ》びは、戦列の最後尾《さいこうび》まで届いていることだろう。

その強い戦意は――必ず己《おのれ》の居場所を取り戻そうとする、覚悟《かくご》の表れだった。

「我らは一度、この地を捨てた。王を護るため、民を護るため、騎士としての誇《ほこ》りを捨ててでも！　だが、今度は我々が攻める番だ！」

叫びながら、グラードは剣を抜き放つ。その切っ先は高く、天へと掲《かか》げられ――堅《かた》い覚悟を示すかのように、日の光を反射して煌《きら》めく。

燃えるような瞳の中に確かな決意を宿し、彼は宣言していた。

「我らの城を、我らの誇りを取り戻す！　今日、この日、ここで！　悪魔共を蹴散《けち》らし、人類の力を見せつけよ！」

『オオオオオオオオオオオオオオオオオオオオオオオオオオオオッ！』

『フルレイドクエスト《ノースガード砦の奪還《だっかん》》を開始します』

次々と抜剣《ばっけん》の音が響《ひび》き、猛々《たけだけ》しい雄《お》たけびが地を揺らさんばかりに反響《はんきょう》する。

悪魔共は既に警戒《けいかい》態勢だが、そのようなことは気にする必要も無い。どれだけいようが、全て斬ればそれで済む話なのだから。

「アルトリウス」

「ええ、作戦開始十秒前です」

打てば響く、いい反応だ。やはり、こいつを味方に引き入れたのは正解だった。俺《おれ》が適当に人員を集めたところで、こうはいかなかっただろう。

こいつがいるからこそ、俺は後ろのことを何一つ気にすることなく、あの悪魔共に集中できる。これほどの環境《かんきょう》、望んだところでそうそう手に入りはしないだろう。

「3、2、1――今ですッ！」

「付いてこい、ルミナ！」

歩法――烈震《れっしん》。

前へと倒《たお》れるようにしながら、前方へと向けて飛び出す。地が爆《は》ぜるように土が跳《は》ね、けれどそれが地に落ちるよりも先にもっと先へ。そんな俺を迎撃《げいげき》しようと、悪魔共は城壁の上から魔法を降り注がせるが、それでは遅《おそ》い。俺が通った後を穿《うが》つ魔法は完全に無視し、そのまま壁《かべ》へと突撃《とつげき》して――俺は、砦の門右側の城壁を駆《か》け上った。

「おおおおおッ！」

勢いが完全に死ねば、そこで落ちる。それよりも早く、俺は強く壁を蹴《け》り、斜《なな》め後方へと跳躍《ちょうやく》した。ふわりとした、一瞬《いっしゅん》の浮遊感《ふゆうかん》。それが消えるよりも早く、右腕《みぎうで》に巻き付けていた鉤縄を投げ放ち、門の上部へと引っ掛ける。次の瞬間《しゅんかん》、重力に引かれて落下を始めた俺の体は――鉤縄によって弧を描くように、門の反対側の壁まで移動していた。

勢いづいたその状態で壁に足をつけ、さらに疾走《しっそう》することでスピードを増す。

そして――

「お前は反対側だ、上手くやれよ、ルミナ！」

「ッ、は、はいっ！」

そのまま城壁を駆け上りきり、更に大きく跳躍する。そして空中で鉤縄を手離《てばな》した俺は、そのまま眼下にいる悪魔へと刃《やいば》を振《ふ》り下ろした。

斬法――柔《じゅう》の型、襲牙《しゅうが》。

鎖骨《さこつ》の隙間《すきま》から心臓を狙う一撃《いちげき》は、正確に悪魔の急所を穿ち、その命脈を断《た》ち斬る。そのまま小太刀から手を離《はな》した俺は、悪魔を下敷《したじ》きに着地した体勢のまま、餓狼丸の柄《つか》を握った。

「――《生命の剣》」

斬法――剛《ごう》の型、迅雷《じんらい》。

鞘《さや》の中から光が漏《も》れ出すかのように、黄金の光を纏《まと》う居合が目の前にいた二体の悪魔を両断する。腰《こし》から真っ二つになり、城壁を緑の血で染める悪魔たち。その姿など気にも留めず、俺は周囲の悪魔たちへと宣言した。

「――皆殺《みなごろ》しだ。一匹《ぴき》たりとも逃《に》がしはしない」

その言葉に、殺意を込めたわけではない。それはただ、必定の結末としての宣告だ。ただの一匹であろうとも、追い詰め許さず殺し尽くす。

さあ、俺を襲《おそ》いに来るか、俺から逃げるか――どちらでも構わない。お前たちがこの場から消えるだけで、俺の目的は完遂《かんすい》されるのだし、結局殺すことに変わりはないのだ。

門の反対側では、ルミナが上空から光の魔法を撃ち込み続けている。城壁からは魔法が飛んでいるが、下から放たれる魔法であれば避けることは難しくない。結果として城壁の上には容赦《ようしゃ》のない光の雨が降り注ぎ、想定通り混乱が発生していた。

その様子に笑みを浮《う》かべながら、刃を振りかざし前進する。

「各隊、前進！　攻城戦《こうじょうせん》の始まりだ！」

そしてそれに合わせるかのように、アルトリウスも行動を開始する。

一斉《いっせい》にこちらへと近づいてくる梯子部隊。彼《かれ》らが上に登ってくるまで、敵を殺し続けるだけだ。目につく悪魔は、どいつもこいつもレッサーデーモンばかり。

この程度では興醒《きょうざ》めと言ったところだが――この後に期待させて貰うとしよう。

第十章

砦攻め

一対多の戦いにおいて注意すべきことは何か。

効率よく、少ない手数で殺すというのは以前に実践《じっせん》した通りであるが、もう一つ意識すべきことがあるのだ。つまり――一対一で戦う、ということである。

剣という武器は、当然ながら一人を相手にして使用するものである。剛の型の業には、時折複数を同時に斬るようなものも存在しているのだが、それは非常に稀《まれ》なパターンだ。

根本的に、剣は複数を同時に相手にするには向いていない武器なのである。

ならば、どのように対処すればいいのか――

「ここは都合がいいな……一列に並んで順番に死んでいけ」

城壁の上は、それほど広いスペースは確保されていない。人が三人ほど並べば余裕《よゆう》が無くなるほどだ。つまるところ、人間より大きい体を持つレッサーデーモンたちでは、横並びになって戦うことは難しいのだ。

結果として、連中は城壁の上の通路に詰まったまま、順番に一匹ずつ斬り捨てられていくことになる。何しろ、後ろが詰まっているのだ。迫ってくる俺から逃れられるのは最後尾だけである。しかも、今の俺は強い殺気は放っていない。一番後ろにいる悪魔共は、まだ俺の存在を感知できていないだろう。俺から逃れるためには、城壁の上から飛び降りる以外に道はない。それはそれで、梯子を掛ける余裕ができるため好都合なのだが。

「――《斬魔《ざんま》の剣》」

飛来してきた水の魔法を斬り捨て、次の一歩で相手に肉薄《にくはく》する。横薙《よこな》ぎに放った一閃《いっせん》は、後ろに逃れようとして背後の悪魔に衝突《しょうとつ》したレッサーデーモンの首を半ばまで斬り裂《さ》いていた。派手に噴《ふ》き出る血が周囲を緑に染め上げ――それを目くらましに、身を沈《しず》めた俺は更に奥にいた悪魔の腹へと刃を突き入れた。

「『生奪』」

二色の光が纏わりついた刃で傷を抉《えぐ》り、刃を上向きに変える。

そして、斬り上げるように刃を引き抜けば、臓腑《ぞうふ》を掻《か》き回した刃が、引きずり出すかのように大量の血を撒《ま》き散らす。崩れ落ちていく二体の悪魔を左右に殴《なぐ》り飛ばしつつ、更に前へ。だが、それを見計らっていたかのように、頭上から大剣《たいけん》が振り下ろされた。

斬法――柔の型、流水。

受け流した一閃が、床《ゆか》に衝突し轟音《ごうおん》を上げる。そのまま返す刃にて一閃を放つが、若干《じゃっかん》浅い。胴《どう》に深い傷を負わせたものの、致命傷《ちめいしょう》には至らないだろう。

故に俺は、そのまま悪魔の懐《ふところ》へと肉薄し――その傷へと、右の手刀を突き入れた。

『ギ、ァァアア……ッ!?』

「ほう。内臓は人間と同じか――分かり易《やす》いな、殺し易くて助かるぞ」

小さく笑い、臓腑を掴《つか》んで引きずり出し――そのまま思い切り引っ張って、体ごと砦の内側に投げ捨てる。血と内臓を撒き散らして絶命した悪魔を視線で追って、俺はふと、奇《き》妙《みょう》な物体を目にした。

レッサーデーモンが落ちた所からは少々離れるが、砦の中庭、訓練場となっていた場所の中央付近。そこには天へと向けて屹立《きつりつ》する、巨大《きょだい》な黒い結晶体《けっしょうたい》の姿があったのだ。

「なんだありゃ……？」

打法――流転《るてん》。

こちらに斬りかかってきた悪魔の一撃を篭手《こて》で逸らし、ついでに足を掛けて城壁の上から叩き落としつつ、あの奇妙な物体の様子に眉根《まゆね》を寄せる。

以前この砦に来た時には、あんなものは存在していなかった。ということは、あれは悪魔共がこの砦を制圧した後に設置されたものなのだろう。正体はよく分からんが、俺たちにとってはあまり都合のいい存在ではなさそうだ。

（ぶっ壊《こわ》すか？　だが、今はこの場を離れられんしな……）

打法――影仰《かげあおぎ》。

殴りかかってきた悪魔の拳《こぶし》を体の内側に入り込むようにしながら回避《かいひ》し、下から掬《すく》い上げるように放った拳で相手の顎《あご》をかち上げる。衝撃《しょうげき》を受けてたたらを踏《ふ》み、顎を上げた体勢で動きを止めたレッサーデーモンに対し、俺はその首筋へと刃を押し当て――

斬法――柔の型、零絶。

上半身の回転運動だけで、その首を斬り飛ばす。

城壁の上を転がっていく悪魔の首は無視し、俺は嘆息《たんそく》交じりに改めて悪魔共の方へと向き直った。あの結晶体も気になるが、今はここの確保を優先しなくてはならない。

「《斬魔の剣》」

飛来してきた風の砲弾《ほうだん》を正面から真っ二つにしつつ、相手の喉《のど》へと刃を突き入れる。そのまま刃を横に振るって血管を切断しつつ、俺はちらりと左側を――城壁の外へと視線を向けた。

梯子部隊の連中は、既に城壁に取り付き始めている。うち、半数は既に登れるだけの余裕を確保できているだろう。実際、最も門に近い辺りの梯子については、既に城壁へと掛けられ――そこを、手を使うことなく駆け登ってきた緋真《ひさな》が、勢いよく城壁の上へと身を躍《おど》らせていた。

「お待たせしました、先生！」

「おう、よく来た――《斬魔の剣》」

刃を振るい、悪魔の首を落としながらスキルを発動、俺へと砦の中庭から飛んできた魔法を斬り裂き、ついでに矢を弾《はじ》き返す。悠長《ゆうちょう》なことであるが、ようやく砦の内側も動き始めたらしい。中央の建物から、続々と悪魔が姿を現しているようだ。

まだ数はそれほどではないが――このまま内側から援護《えんご》されるのも面倒《めんどう》だ。

「緋真、交代だ。俺は内部の敵の対処をする」

「ッ――了解《りょうかい》です！」

打法――破山《はざん》。

相手の攻撃《こうげき》を弾いた上で肉薄し、肩甲骨《けんこうこつ》を押し当てる。次いで徹した衝撃が、目の前の悪魔を、その後ろにいた個体ごと後方へと弾き飛ばした。恐らく絶命しているだろうが、確かめている暇《ひま》はない。俺はそのまま城壁の内側へと身を躍らせ――眼下にいた悪魔を巻き込みながら、地面を回転しつつ勢いを殺した。

俺の全体重を掛けたため、悪魔の首は１８０度以上回転している。既に絶命したそれは放置し――こちらへと放たれた矢を振るった刃にて弾く。

豚面《ぶたづら》の塵《ごみ》共が、生意気にも弓矢など使うか――

「邪魔《じゃま》はさせん――『生奪』」

上と違い、こちらは一対一で戦うことは難しい。だがその代わりに、自由に動き回れるだけのスペースがあった。小さく口元を歪め、地を蹴る。顔面を射貫《いぬ》こうと飛来した矢を首の動きだけで躱《かわ》し、そのまま横薙ぎの一閃で首を断つ。そして頭部を失い膝《ひざ》から崩れ落ちようとする体の背後へと回り込めば、その死体へと数本の矢が突き刺《さ》さっていた。

数が多くて面倒ではあるが、弓矢による攻撃は動いていればそう当たるものではない。見てから対処しても十分間に合うし、当たるものだけ処理すれば十分だからな。

「し……ッ！」

歩法――烈震。

死体の陰《かげ》から飛び出し、《魔技共演》を使いながら接近した悪魔の首を飛ばす。やはり、HPをあまり削《けず》られなくなるのは実に便利だ。これのおかげで継戦《けいせん》能力も上がったし、《収奪《しゅうだつ》の剣《つるぎ》》もかなり使い勝手が増したからな。

体を左右に揺らしながら駆け、悪魔を斬りながら直進。庭に植えられていた樹《き》を盾《たて》にしながらさらに進み、別の標的へ。こちらを狙う悪魔よりも、城壁の上を狙っている連中を優先的に排除《はいじょ》しつつ、俺は例の黒い結晶《けっしょう》を観察した。

（ここまで接近しても動きはないか……だが、悪魔共はあれを護るような動きを見せているな）

砦の内部から姿を現した悪魔たちの内、一部はあの黒い結晶を護衛するかのように立ちはだかっている。やはり、あの黒い結晶は悪魔共が設置したものに間違いはなさそうだ。その正体が何なのかは掴めないが、あれを狙われるのは連中にとっては都合の悪いことなのだろう。隙《すき》あらばぶっ壊してやりたいところであるが、今はまだその余裕はない。まずは、城壁の上を確保しなければならないだろう。

（『キャメロット』の連中は……そろそろ上がってきているか。なら、確保は時間の問題だ）

城壁の上では乱戦が発生している。それはつまり、既に多くのプレイヤーが梯子《はしご》を登って上まで到達《とうたつ》しているということだ。城壁の全てを確保することはまだ難しいだろうが、少なくとも門の周囲は確保できている状況《じょうきょう》だ。であれば、そろそろ門を破る作業が開始されるだろう――そう考えた、瞬間だった。

――とんでもない轟音と共に、巨大な門が吹《ふ》き飛ばされたのは。

「な……っ!?」

足を止めることは無かったが、それでも突然《とつぜん》の轟音――どう聞いても爆弾《ばくだん》が炸裂《さくれつ》したようにしか聞こえなかった音には驚《おどろ》かされた。

門の方へと視線を向けてみれば、そこにはひしゃげて吹き飛んだ門扉《もんぴ》、それを成したであろう巨大な杭《くい》――それが内側からバナナの皮のように爆ぜている姿があった。

「……いやお前、一体何をしたんだよそれ」

聞こえるわけもないが、思わずぼやくようにそう呟《つぶや》いてしまった。

いや、状況は理解できる。ここまで届いているこの臭《にお》いは、間違いなく火薬によるものだ。知識と技術さえあれば黒色火薬の作り方などそれほど難しいものではないが――まさか破城槌《はじょうつい》に火薬を仕込《しこ》んでいたのか。しかも、門が一気に吹き飛ぶような量を。とてもではないが、それを作った奴は正気だとは思えない。

とは言え、その破壊力《はかいりょく》によって一撃で門を破れたことは事実。爆発《ばくはつ》の衝撃で転倒《てんとう》していたアルトリウスたちも、何とか気を取り直して立ち上がり、後方へと向けて声を上げた。

「今です、攻撃を！」

『感謝する！　往《ゆ》くぞ、突撃ッ！』

今の惨状《さんじょう》の直後で動揺《どうよう》せずに動けるのは、素直《すなお》に感心すべきだろう。爆発の衝撃でひっくり返っていた割に、アルトリウスはまるで気にした様子も無く作戦を続行していた。

そんな彼の言葉を聞き、グラードたちも動き出す。列を成しながら破壊された門を越《こ》えてきた彼らは、素早《すばや》く三人一組で目についた悪魔へと襲い掛《か》かっていた。

「……おおよその所は、仕事は完了《かんりょう》か」

城壁の上を狙っていた悪魔を片付け終え、俺は刃を拭《ぬぐ》って吐息《といき》を零《こぼ》す。

思っていた以上にあっさりと進んだのは、ここまで爵位《しゃくい》持ちの悪魔が出てこなかったためだろう。これだけの拠点《きょてん》なのだ、男爵級《だんしゃくきゅう》悪魔の一体や二体はいるかと思ったのだが、今の所その姿は見えない。砦の内部で籠《こも》っているのだろうか？　何にせよ、まだ警戒を解けるような状況ではない。まだ爵位持ちがいる可能性は十分にある。

とはいえ――軍の機密なども含《ふく》め、砦の内部は騎士団の管轄《かんかつ》だ。あまり積極的に干渉《かんしょう》することも難しいわけだし、しばらくは様子見だろう。

軽く肩《かた》を竦《すく》め、俺はアルトリウスたちの方へと足を進めた。

「よう、また無茶《むちゃ》なことをしたもんだな」

「それはエレノアさんに言ってほしいんですが……まさかあんなものまで開発していたとは」

「火薬を作っていたことは知ってたんじゃないのか？　この間のイベントでも使っていたようだし」

「それを破城槌に仕込むのは予想外ですよ。それも、あんな量を」

「急ぎの作製だから、試験的なものだったのよ。あそこまで破壊力があるとは思っていなかったわ」

一緒《いっしょ》に爆発に巻き込《こ》まれかけたらしいエレノアが、嘆息しながらそう口にする。

そりゃまあ、あんな無茶な破壊力があると分かっていれば、使うにしてももうちょっと気を使っていたか。一体、火薬を作ったのはどんなプレイヤーなのやら。

思わず苦笑《くしょう》を零しつつも、俺は近づいてきたエレノアに声を掛けた。

「なあエレノア、お前さん、あれが何なのか分かるか?」

「あれって……あの黒い結晶のこと?」

「ああ。悪魔が護っているようだし、何か連中にとって重要な物のようだが」

「初めて見たわね。ちょっと《鑑定《かんてい》》してみるわ」

護衛と思われる悪魔たちは、既に騎士たちと交戦状態だ。数の上でも騎士たちの方が多いし、程なくしてあそこまで到達できるようになるだろう。だが、あれの正体を知っておいても損はあるまい。俺の言葉に頷《うなず》いたエレノアは、目を細めて黒い結晶を凝視《ぎょうし》する。

《鑑定》のスキルを使うには、確か《識別》よりも長い時間対象をフォーカスしなければならないのだったか。だが、その分だけ効果は高い筈《はず》だ。俺が《識別》を使ってみても全く情報を読み取れなかったが、彼女《かのじょ》なら何かしら分かるだろう。

「――『子爵《ししゃく》の魔器』」

「……子爵？　それが、あの結晶の名前なのか？」

「ええ、名前以外はほとんど詳細《しょうさい》不明だわ。だけど――名前だけでも分かる、どう考えても危険な代物《しろもの》だわ！」

名前からして、子爵級悪魔にでも関連する代物なのか。もしも、子爵級をこの場に呼び出すようなアイテムであるならば――

「拙《まず》い……グラード殿《どの》！　あの黒い結晶は危険だ！」

「ああ、分かっている！　総員、回収は考えなくていい。あの黒い結晶を破壊するんだ！」

俺たちの言葉に同意して、グラードは騎士たちに結晶の破壊を命じる。

指示を受けた騎士は、護衛の撃破もそこそこに黒い結晶へと向かい、その長剣《ちょうけん》を突《つ》き刺そうと突撃して――

『――ああ、全く。使えぬ眷属《けんぞく》共だ』

――黒い結晶から生えた手に、攻撃を受け止められていた。

第十一章 子爵級悪魔

黒い結晶を突き破《やぶ》るように現れた腕《うで》。その手は、突き立てられようとしていた騎士の剣を握り締《し》め、しかし血を流すことも無く受け止めていた。

突如《とつじょ》として発生した異様な光景に、周囲の人間たちは思わず硬直《こうちょく》し——次の瞬間、ガラスが砕《くだ》け散るような音と共に、黒い結晶は弾け飛んでいた。

「ッ……！」

咄嗟《とつさ》に駆け寄ろうとしたが、飛来した結晶の破片《はへん》に足止めを喰《く》らう。そしてその間に現れた人影《ひとかげ》は——剣を握り締めたまま、右手に持った槍《やり》で騎士の胸を貫《つらぬ》いていた。

フルプレートの鎧《よろい》をものともせずに貫通《かんつう》した一撃に、騎士はびくりと震え——そして、その身から力が抜《ぬ》ける。さらに次の瞬間、槍の穂先《ほさき》から発生した暴風が、突き刺さっていた騎士の体を細切れに斬《き》り刻み、一瞬で血煙《ちけむり》へと変えていた。

それを成したのは、長身で白髪《しらが》の男。ボディアーマーのような動き易そうな防具を身に纏い、その手には黒く染まった長槍《ながやり》が鈍《にぶ》く輝《かがや》いている。

その動きに、俺は舌打ち交じりに構え直した。槍を相手にするのは少々厄介《やっかい》だ。長物相手も慣れてはいるが、決して戦いやすい相手ではない。

「――我《わ》が名は、フィリムエル。子爵級五十八位、フィリムエルだ」

「……やはり、子爵級か」

フィリムエルと名乗った白い悪魔。初めて目にする、子爵級の悪魔だ。

騎士一人を片手間に惨殺《ざんさつ》したその悪魔の立ち姿は、今までの男爵級共とは異なり、あまり隙を見いだせない。どうやら、ここまでくるときちんとした武術を扱えるようになるらしい。今までの連中のように、容易《たやす》くあしらえるというわけではなさそうだ。

「嘆《なげ》かわしい……まさか、私の顕現《けんげん》程度にしかリソースを溜められないとは」

「リソース……？　何を言っている！」

「耳を貸すな、仲間の仇《かたき》だッ！」

「――邪魔だ、有象無象《うぞうむぞう》共め」

歩法――烈震。

フィリムエルが騎士たちに視線を向けた瞬間、俺は舌打ちと共に地を蹴る。

奴《やつ》は右手の槍を大きく振りかぶり、その穂先へと魔力《まりょく》を集中させていた。それと共に現れるのは、先程《さきほど》と同じく渦《うず》を巻く気流だ。警戒して動きを止める騎士たちへと、フィリムエルは槍を振り抜き――

「『生魔』ッ！」

斬法――剛の型、穿牙《せんが》。

――俺の放った刺突《しとつ》が、迫る暴風へと突き刺さっていた。

まるで、粘土《ねんど》の壁にでも刃を突っ込んだかのような抵抗《ていこう》。だが、《生命の剣》を併用《へいよう》して放ったその突きは、周囲に風の残滓《ざんし》を吹き散らしながらも、何とか魔法の破壊に成功した。

先ほどの攻撃のように、人体を粉砕《ふんさい》するような威力《いりょく》こそ無くなったが、それでも残った暴風が騎士たちを後方へと弾き飛ばす。自然、フィリムエルと一対一で立つ形となりながら、俺は眼前の悪魔へと刃を構え直していた。

「突然出てきて、好き勝手やってくれるじゃねぇか……なぁ、子爵悪魔《ししゃくあくま》」

「ほう、貴様……そうか、貴様がクオン。あの方に楯突《たてつ》いた剣士《けんし》か」

「あの方、ねぇ。テメェもロムペリアの配下か白髪頭」

あの女、俺のことを配下の悪魔にまで喧伝《けんでん》してやがるのか。一体どんな風に伝えられているのかは少々気になったが、そのようなことを確かめている余裕はない。

今の魔法の威力からして、こいつはかなりの格上だ。少なく見積もっても女王蟻《あり》以上、これまで相対してきた敵の中では最も危険な相手だと考えられる。

――嗚呼《ああ》、全く。久しぶりに楽しめそうな相手だ。

「ならば、あの方の憂《うれ》いは、ここで断つとしよう。無様に散るがいい、怪物《かいぶつ》よ」

「その頭は染めてるんじゃなくて白髪か？　若作りしてるくせに耄碌《もうろく》してるんじゃねぇよ――ここに落ちるのはテメェの首だ」

互いに告げて――駆ける。

俺は金と黒を纏う太刀《たち》を、フィリムエルは風を纏う槍を。互いの得物に殺意を込めて、俺たちの一撃は交錯《こうさく》していた。放たれた刺突を回避しながらの一閃、それは僅《わず》かながらに奴の肩を斬り――同時、紙一重で躱していたはずの俺の胴にも斬り傷が走る。

思わず舌打ちしつつも、俺は奴の使用している魔法の効果を理解した。

「チッ……【スチールエッジ】、【スチールスキン】！」

どうやらあの槍、風を纏っている状態では、槍そのものだけではなく周囲にも攻撃を発生させているようだ。幸いそれだけでは大した威力ではないようだが、回避する場合は余裕をもって回避しなければならない。だが、受け止めようにも――

「しッ！」

「フン……軽いぞ、人間ッ！」

振るった刃は、翻《ひるがえ》った槍の柄によって受け止められる。竹別《たけわかち》を使ってはいるのだが、その構えを崩《くず》すことはできなかった。どうやら、基礎的《きそてき》なステータスに大きな差があるらしい。力比べでは勝負にならないだろう。

俺の剣を弾きながら突き出されてきた槍を、大きく回避しながらも一閃を放つ。その一撃はフィリムエルの大腿《だいたい》に命中していたが、その姿勢を僅かに崩すだけに留《とど》まり、有効なダメージは与《あた》えられていなかった。防御力《ぼうぎょりょく》もかなり高い……見た目はボディアーマーであるが、その頑丈さはこの間のバーゼストの全身鎧にも近いだろう。鎧断《よろいだち》ならば斬れるかもしれないが、あれを狙えるほどの余裕はない。

オークスと戦った時も感じたが、ステータス差というものは本当に厄介だな。

「ちょこまかと……吹き飛ぶがいいッ」

「っ……！　『生魔』！」

槍の横薙ぎと共に発生した暴風が、まるで壁のように襲い掛かる。それに対し、俺は即《そく》座《ざ》に《生命の剣》を組み合わせた《斬魔の剣》で迎撃した。重い手応えだが、攻撃力《こうげきりょく》を上げたためか、先程よりは幾分《いくぶん》かマシだ。

まるで壁が迫《せま》ってくるかのようなその暴風の中で、まるで斬り傷のように無風の空間が生まれる。その瞬間、俺はそこへと潜《もぐ》り込むように前へと歩を進めていた。

歩法――縮地。

槍を横薙ぎに振るったその姿勢では、こちらの迎撃は間に合うまい。だが、殺しきれるか分からない刺突で動きを止めるわけにはいかない。故《ゆえ》に俺は、フィリムエルの横を通り過ぎるようにしながら、奴の脇腹《わきばら》に拳を当てていた。

打法――侵震《しんしん》。

「ぐ……ッ!?　おかしな技を！」

衝撃が走ると共に、フィリムエルの体が横へと揺れる。

鎧越《よろいご》しに、奴の内臓へと直接衝撃を徹した訳だが――生憎《あいにく》と、その臓腑を潰《つぶ》すには足りなかったようだ。どうやら肉体の全ての強度が高いらしく、衝撃こそ受けたものの、有効なダメージにはなっていないらしい。打法の奥伝《おくでん》ならば、或《あ》いは――だが、あれは両手を使わなければならないしな。武器を手放している余裕が無い今では意味が無い。

ならば――

「最大火力なら、どんなもんかね――――！」

斬法――柔の型、流水・渡舟《わたしぶね》。

槍の刺突を全力で横へと逸《そ》らしながら、その柄の上で刃を走らせる。膂力《りょりょく》の差から十分に逸らすには至らず、槍の纏う風が脇腹を抉っていくが、構うことはない。槍の柄を滑《すべ》りながら跳ね上がった一閃、そこへと、今の俺に可能な限界量のＨＰを注《そそ》ぎ込む――――！

「《生命の剣》ッ！」

俺と奴の影が交錯し――緑と赤の血が、同時に飛沫《しぶき》を上げる。奴の首筋と、俺の脇腹。どちらも急所に近い位置ではあるが、致命傷となるには浅い程度の傷しかついていない。

問題は、俺が紙一重で回避したのに対し、奴は直撃《ちょくげき》したというのにそれだけしかダメージを与えられなかったということだが。

「怪物め……！」

「こっちの台詞《せりふ》だ悪魔――！」

可能な限りのＨＰを削ったせいで、既《すで》に現在のＨＰは全体の半分を切っている。《収奪の剣》で回復したいところではあるが、普通《ふつう》に斬ったところでダメージは殆《ほとん》ど与えられない。このままでは確実にジリ貧《ひん》だ。味方の援護を期待したいところではあるが――

「増援《ぞうえん》への対処を！　外へ出してはダメだ、押《お》し留めて！」

――どうやら、建物内部は悪魔共の巣窟《そうくつ》と化していたらしい。

グラードの騎士たち、そしてアルトリウスはその対処に追われており、こちらへの援護をしている余裕は無いようだ。迫る槍を回避し、飛来した風の刃を更《さら》にＨＰを削って消し去って、徐々《じょじょ》に徐々に追い込まれてゆく。

けれど——

「恐《おそ》るべき魔剣《まけん》だが——所詮《しょせん》はその程度だ！」

「っ、は——く、ははは！」

口元が笑《え》みに歪《ゆが》む。煮《に》えたぎるような脳裏《のうり》に、しかし思考は冷静なまま。

迫る槍のぶれへと正確に刃を振るい、その切っ先を逸らす。弾き落とされたフィリムエルの槍は地面へと突き刺さり、風によって土ぼこりを巻き上げる。その槍の柄を踏みつけて手から叩《たた》き落とそうと狙《ねら》うが、流石《さすが》に膂力が違《ちが》うためか、それには至らず。

フィリムエルは強引《ごういん》に振り払《はら》うことで俺を弾き飛ばそうとするが、それよりも僅かに速く身を翻し、俺は槍の下を潜《くぐ》り抜けるようにしながら奴へと肉薄していた。

「な——貴様ッ⁉」

「ぶっ飛べ」

打法——破山。

槍が纏う風が掠《さら》ったせいでＨＰは最早《もはや》ギリギリだが、首の皮一枚繋《つな》がった。何故《なぜ》ならば、奴が吹き飛んだその先へと、尾《お》を引く赤い炎《ほのお》が突撃していたからだ。

「はあああああッ！」

「ッ……邪魔立《じゃまだ》てを！」

炎を纏い、烈震からの穿牙にて突撃した緋真《ひさな》は、その切っ先をフィリムエルへと叩き付ける。その刹那《せつな》、緋真の刀が纏っていた炎は、一気に切っ先へと収束して炸裂していた。あれは確か、【フレイムバースト】で《術理装填《そうてん》》を使った効果だったか。

至近距離《しきんきょり》で炸裂した炎は、奴に有効なダメージを与えられずとも、その体を吹き飛ばすには十分な威力を有していた。そして──

「今だよ、ルミナちゃん！」

「はい、緋真姉様！」

降り注ぐ声は上空から。そこには光の翼《つばさ》を広げたルミナが、体から魔力のオーラを噴出《ふんしゅつ》させ、四つの魔法陣《まほうじん》を従えながら浮遊していた。その右手の甲《こう》は黄金に光り輝き──刹那、目を焼かんばかりに輝く光の槍が、魔法陣を含めて五つ発射されていた。

文字通り閃光《せんこう》のごとく駆けた光の槍は、体勢を立て直したフィリムエルへと殺到《さっとう》し──

「ッ、オオオオオオオオオオオオオオオッ！」

地面を捲《めく》り上げるほどの暴風が、それを迎撃する。まるで軋《きし》むような音を立て、二つの魔法は激突《げきとつ》し──僅かな拮抗《きっこう》の後、ルミナの光の槍は、若干その輝きを弱めながらも暴風を貫いていた。着弾《ちゃくだん》と共に光が炸裂し、魔力の奔流《ほんりゅう》となって吹き荒《あ》れる。

その様と、そしてその光の内側から途絶《とだ》えることの無い殺気を感じ取り、俺は二本のH

Pポーションの空瓶《あきびん》を地面へと投げ捨てた。称号《しょうごう》スキルを《悪魔《あくま》の宿敵》へと切り替《か》え、餓狼丸《がろうまる》を構え直し――光の中から現れた、フィリムエルへと刃を向ける。

それなりにダメージは受けたようだが、まだHPの半分も削り切れていない。額から流れる血を拭ったフィリムエルは、殺意を込めた瞳《ひとみ》で俺たち三人を睥睨《へいげい》する。

「やってくれたな、女神《めがみ》の眷属共……それで、貴様らの手札は終わりか」

「付き合いの悪い奴だな。しっかりと見ていくがいいさ――エレノア、アルトリウス！」

口元を笑みに歪めたまま、俺は指示を飛ばしているアルトリウスたちへと声を掛ける。

――白刃《はくじん》を輝かせる餓狼丸を、掲げるように示しながら。

「コイツを使う。注意しろ」

「っ……総員、HP回復を優先！　クオンさんが成長武器を使う！」

「ポーションを惜《お》しむ必要は無いわ、注意して！」

全く、実にいい反応をしてくれる。おかげでこちらも、遠慮《えんりょ》なくコイツの力を使ってやれるというものだ。荒《あら》ぶる戦意を抱《かか》えたまま、俺はこいつの力を解放する覚悟を決め――

その瞬間、視界の下部に表示された小さなウィンドウに、思わず苦笑を零した。

「これを読み上げろってか？　ったく、遊びが過ぎるだろう――いや、これはゲームだったか」

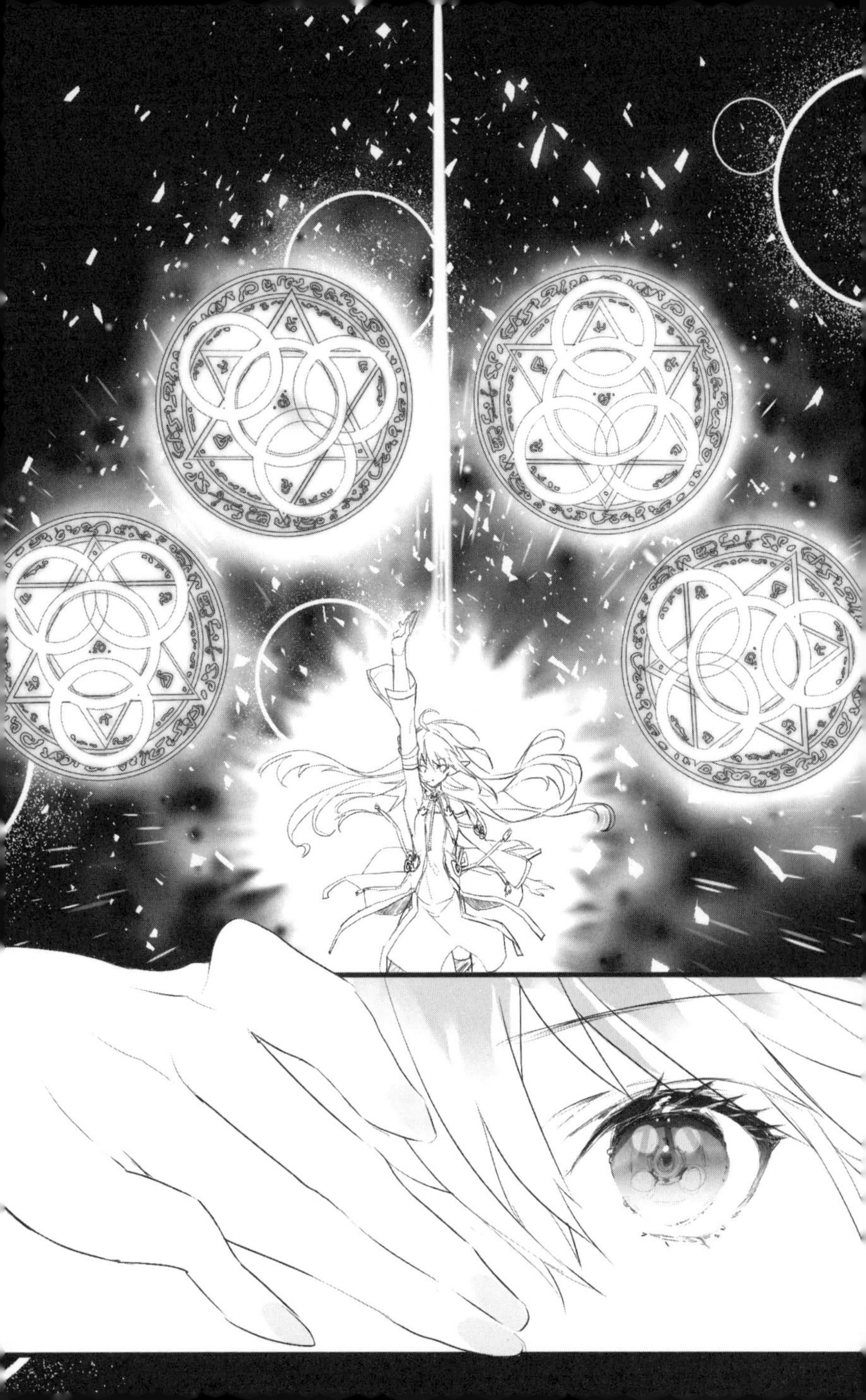

ひりつくような殺意の応酬《おうしゅう》。ゲームと言うにはあまりにも血生臭《ちなまぐさ》い物であるが――まあいいだろう。伊達《だて》も酔狂《すいきょう》も、この時ばかりは悪くはない。故に――この運営の悪ふざけにも、乗ってやろうじゃないか。太刀を霞《かすみ》の構えに、重心を沈め、その切っ先へと殺意を集中させて――俺《おれ》は、その名を叫《さけ》んでいた。

「貪《むさぼ》り喰らえ――『餓狼丸』ッ！」

第十二章　餓狼の怨嗟

――オオオオオオオオオオオオオォォォォォ……！

限定解放スキル、《餓狼の怨嗟》。

重いコストを支払《しはら》ってその力を解放した瞬間《しゅんかん》、餓狼丸の刀身から黒い闇《やみ》が溢《あふ》れ出した。

渦を巻くように吹き上がった黒いオーラは、まるで足元を覆《おお》うように周囲へと広がってゆく。闇の中から響《ひび》くのは、遠吠《とおぼ》えのような怨嗟の声。飢《う》えた狼《おおかみ》の唸《うな》り声《ごえ》が、恨《うら》めし気《げ》に周囲へと拡散する。そしてそれと共に、周囲の全て――俺自身すらも含んで、ＨＰへのスリップダメージが発生していた。

「ッ、これは⁉」

「けったいな演出だな……だが、効果は確かなようだ」

奴自身、己《おのれ》のＨＰが削られ始めたことを察知したのだろう。表情を驚愕《きょうがく》に染め、奴は俺の餓狼丸を凝視していた。この効果は俺自身にも及《およ》んでいるのだが、この程度のダメージであれば《ＨＰ自動回復》で賄《まかな》える範囲内《はんいない》だ。無論、普段《ふだん》よりもその回復効率が落ちることは変えようのない事実であるが、あまりHPを気にしなくてもいいのは楽なものだ。

「命を啜《すす》る魔剣とはな……悍《おぞ》ましい武器を使うものだ、人間」

「存在自体が悍ましいお前たちには言われたくないな、悪魔」

周囲へと広がった闇は、HPを吸収した後に再び餓狼丸の刀身へと帰ってくる。それと共に、餓狼丸の刀身は根元から少しずつ黒く染まり始めていた。恐らく、これが武器の攻撃力が上昇《じょうしょう》している状態なのだろう。これが切っ先まで到達したとき、果たしてどうなるのか——それも気になるが、今は目の前の相手だ。

フィリムエル——子爵級の悪魔。主武装は槍と風の魔法。槍を扱《あつか》う技量そのものは特筆するほどのものではない。純粋《じゅんすい》に、武術を学んだ人間とほぼ変わらない程度の技量だと言える。基本は押さえているため隙は少ないが、それでも付け入る隙はいくらでもあるという程度のものだ。

そんな相手に対して俺が苦戦しているのは、二つ理由がある。一つは、奴とのステータス差が大きいため、力による崩しが使えない点。そしてもう一つは、風の魔法による接近時の回避困難なダメージだ。つまり——

（相手に防御《ぼうぎょ》させず、一気に殺す。だが、そのためにはまだ攻撃力が足りない）

《強化魔法》による武器強化、称号スキルによるダメージ上昇、そして《餓狼の怨嗟》による攻撃力の上昇。それらをすべて合わせても、今の段階では攻撃力が足りないだろう。だが、《餓狼の怨嗟》は徐々にだが攻撃力を上昇させていく性質がある。時間さえ稼《かせ》げれば、通用する可能性は十分にあるだろう。

「さあ、第二ラウンドだ——派手に行くとしようか！」

歩法——縮地。

体幹を揺《ゆ》らさずに移動し、フィリムエルへと接近する。

逃《に》げ回りながら時間を稼いだ方が楽だろうが、そのような戦いなど御免被《ごめんこうむ》る。こいつは斬る。必ず斬り殺す。それでこそ、戦いの意味があるというものだ。

「チッ……先に貴様を殺す、それだけだ」

「こちらの台詞だ。ただ吸い殺すだけなんざ、性に合わん」

迎撃《げいげき》のために繰《く》り出された槍を左に回避し、背後へと回り込む。そのまま放った一撃《いちげき》は背中に命中するが、やはり防御を貫通することはできない。肉体の強度そのものもあるが、やはりこのボディアーマーも頑丈《がんじょう》だ。

「効かんぞッ！」

「知っている！」

振《ふ》り返り様の横薙ぎと、それに付随《ふずい》する暴風。逸らすことは困難、仮に逸らせたとしても風の直撃を受ける。小さく嘆息し、俺は後方に跳躍《ちょうやく》しながらスキルを発動した。

「『生魔』」

あまりHPを削りたくはないのだが、風の直撃を受けるよりは遥《はる》かにマシだ。

迫る風の壁《かべ》を斬り裂いて潜り抜け、俺はちらりと餓狼丸の状態を確認《かくにん》する。刀身を染め上げる黒は、未《いま》だ十分の一程度。こいつもまだまだ食い足りないと見える。だが、完全に溜《た》まり切るまで待つのはリスクが高い。奴を殺せるようになったタイミングで仕掛《しか》けるしかないだろう。

歩法――烈震《れっしん》。

地を蹴《け》り、前傾《ぜんけい》姿勢でフィリムエルへと突撃《とつげき》する。振り返っている奴はこちらへと迎撃のために槍を振るうが、それには切っ先の風以外の魔法は纏《まと》っていない様子だ。

やはり、あれだけの風を起こすにはそれなりの溜めが必要になるのだろう。

歩法――跳襲《ちょうしゅう》。

俺を迎撃するため、低い位置を狙って繰り出された槍を跳躍して回避する。その際に槍の穂先が纏う風に僅かに傷を受けたが、大したダメージにはなっていない。俺は更に槍の柄《つか》を足場に跳躍し、体を前に回転させながら唐竹割《からたけわ》りに刃《やいば》を振り下ろした。

「づッ、おおおッ！」

「チッ……！」

だが、フィリムエルは瞬時《しゅんじ》に反応し、体を横に傾《かたむ》けて回避していた。とは言え、完全に回避するには至らず、俺の一閃《いっせん》は奴の左肩《ひだりかた》に命中し——そのアーマーに僅かな傷を付ける。先ほどは傷一つ付かなかったアーマーだ、どうやら攻撃力はしっかりと上昇してきているらしい。

背後に着地しながら振り返り様の一閃を放てば、それは体勢を立て直そうとしていたフィリムエルの胴へと直撃し、そのアーマーに一筋の傷を付けていた。そしてそのまま、体勢の崩れたフィリムエルへと肉薄《にくはく》する。

こいつの得物は槍だ。長柄《ながえ》の武器の性質上、どうしたところで至近距離は攻撃しづらい。尤《もっと》も、それは太刀を使用している俺にも言えることではあるのだが——攻撃の手段は太刀だけではない。俺はそのまま奴の懐に潜り込み、己の拳を奴の腹部へと押し当てた。

打法——寸哮《すんこう》。

「が……ッ⁉」

苦悶《くもん》の声を上げ、フィリムエルの体が硬直する。その隙に、俺は奴の体の重心を下から押し上げ、そこに己の体を滑り込ませた。

打法——流転。

瞬間、フィリムエルの体はくるりと回転し、上下逆さまに空中へと投げ出される。俺は驚愕に目を見開いた奴の顔面へと切っ先を放ち——それよりも一瞬《いっしゅん》早く、フィリムエルは己の槍を地面に突き立てていた。そして槍を軸《じく》にしながら膂力だけで己の体を回転、俺の突きを横からの蹴りで逸らしつつ、着地して体勢を整える。

今の蹴りは下手をしたら餓狼丸を弾き飛ばされていた。やはり、この身体能力は油断できないな。こちらもまた構え直し——膨《ふく》れ上がった魔力の気配に、舌打ちする。

「チッ……」

「やってくれる……吹き飛ぶがいいッ！」

歩法——烈震。

逆巻く暴風が放たれるよりも早く、俺は横へと回避行動を取る。普段であれば魔法を斬って接近するところであるが、今は余計な消耗は抑《おさ》えたい。風の砲弾が通り抜けていくのを気配で感じ取りながら、俺は旋回《せんかい》するようにフィリムエルへと接近した。

それと共にこちらに向けられるのは、引いては返す連続した突き。こちらはその穂先に近づくだけでダメージを受けるのだ。この動きは非常に厄介なものである。

だが、このこちらを近づけまいとする動きは、こちらの攻撃に確かな脅威《きょうい》を感じている証拠《しょうこ》でもあった。

「成程《なるほど》――」

笑みを浮《う》かべ、前進する。こちらの胸を狙った一撃をギリギリで回避しつつ、風によるダメージを女王蟻の装甲《そうこう》で受け止める。そして俺は通り抜けた槍の柄を掴《つか》み、引き戻《もど》される力を利用して奴に肉薄した。

驚愕に目を見開くフィリムエルに対し、俺は深く潜り込むように体を縮め――そこから、一直線に伸《の》びあがる蹴りを放つ。

打法――柱衝。

顔面を蹴り抜かれたフィリムエルは、もんどりうって後退し、しかし俺はそれを追うことなく霞の構えで太刀を向ける。眼を細め、整息し、己が意識の全てを相手へと集中させる――奴の持つすべての情報を、見逃《みのが》さぬようにするために。

「――底は知れた。故に、ここまでだ」

「何の、つもりだ……！」

餓狼丸の刀身を染め上げる黒は、全体のおよそ四分の一程度まで伸びてきている。これでどれぐらいの攻撃力上昇《こうげきりょくじょうしょう》となっているのかは分からないが、ボディアーマーに傷を付けられた以上、それを貫くことも不可能ではあるまい。それに加え、ダメ押しであると言わんばかりに、周囲から俺へと向けて支援《しえん》魔法が降り注いでいた。どうやら、アルトリウスが支援《しえん》部隊の一部を呼び戻したようだ。

そちらに意識を向けている余裕《よゆう》はないが、心の中で感謝を返しつつ、俺は《生命の剣》を発動する。消費するＨＰは三割。これによって残りのＨＰは六割ほどになったが、もう一撃放てるならば問題はない。

「久遠《くどう》の剣は神に通ず――我らが武の神髄《しんずい》、その一端《いったん》を見せてやろう」

「っ……ならば、その思い上がりごと、微塵《みじん》に砕けるがいい――」

歩法・奥伝――

潜り込む感覚。

相手から向けられていた感情、その全てが擦《す》り抜けていくのを感じながら――

「貴様の呼吸は、既に盗《ぬす》んだ」

――虚拍《こはく》・先陣《せんじん》。

俺の放った穿牙の刺突は、フィリムエルの心臓を正確に貫いていた。

そこでようやく、俺を見失っていたフィリムエルの視線がこちらを向く。驚愕と、恐怖《きょうふ》に塗《ぬ》り潰された、その視線が。

それを受けながら、何とかこちらを吹き飛ばそうとする動きを潰すように、俺は《生命の剣》を発動させつつ体を反転させ、背負い投げのように刃を振り抜く。

「が、は……っ⁉」

大量の血が噴《ふ》き上がり、フィリムエルの体がぐらりと揺れる。

前のめりに倒《たお》れようとするその体、しかし奴は一歩足を踏《ふ》み出してそれに耐《た》え――

斬法――剛《ごう》の型、輪旋《りんせん》。

「――それまでに俺を殺せなかった、貴様の負けだ」

全身の回転と遠心力、それによって黄金の軌跡《きせき》を描《えが》いた俺の一閃が、差し出された首を断《た》ち斬っていた。首が刎《は》ね飛び、緑の血を噴出させ――そして、その身の全てが黒い塵《ちり》となって消滅《しょうめつ》する。餓狼丸から滴《したた》る血を振り払い、そこでようやく、俺は大きく息を吐《は》き出した。

「食事は終わりだ。閉じろ、餓狼丸」

俺の命に従うように、餓狼丸から発生していた黒いオーラが消える。周囲から結構なHPを吸っていたはずだったが、結局最終的にも刀身の黒は三分の一に行くかどうかという程度だった。とは言え、効果は間違《まち》いなく強力だ。こいつが無ければ、フィリムエルに勝利することは難しかっただろう。その場合、果たしてどれだけ厄介なことになっていたか――そんな想像を巡《めぐ》らせながらも、俺は周囲を見渡《みわた》す。

戦いの気配は既に薄《うす》れている。どうやら、フィリムエルが消えたことで、周囲の悪魔たちも同じように消滅しつつあるらしい。小さく笑みを浮かべ――俺は、餓狼丸を天高く掲《かか》げた。

「この戦、俺たちの勝利だ！」

『フルレイドクエスト《ノースガード砦《とりで》の奪還《だっかん》》を達成しました』

『全参加者に報酬《ほうしゅう》が配布されます』

『レベルが上がりました。ステータスポイントを割《わ》り振ってください』

『《刀術》のスキルレベルが上昇しました』

『《強化魔法》のスキルレベルが上昇しました』

『《収奪《しゅうだつ》の剣《つるぎ》》のスキルレベルが上昇しました』

『《生命の剣》のスキルレベルが上昇しました』

『《斬魔《ざんま》の剣》のスキルレベルが上昇しました』

『《テイム》のスキルレベルが上昇しました』

『《ＨＰ自動回復》のスキルレベルが上昇しました』

『《生命力操作》のスキルレベルが上昇しました』

『《魔力操作》のスキルレベルが上昇しました』

『《魔技共演》のスキルレベルが上昇しました』

『テイムモンスター《ルミナ》のレベルが上昇しました』

インフォメーションが流れ、勝利を理解したプレイヤーたちが一斉《いっせい》に歓声《かんせい》を上げる。

響く笑い声の中――俺は、確かな力を見せつけた餓狼丸に、笑みを交えた視線を注ぎ続けていた。

第十三章　虚拍《こはく》

「お疲《つか》れ様《さま》、クオン。まさか、ほとんど一人で倒すとはね」

「別に一人ってわけじゃないがな。緋真《ひさな》たちの手助けが無ければ押し切られていたさ」

「普通はタンクとかで押し留めながら数で攻《せ》めるものだと思うのだけど……まあ、今更《いまさら》ね」

何やら呆《あき》れた表情を浮かべているエレノアに対し、軽く肩《かた》を竦《すく》めて返す。

結局、最終的にはＨＰを一割程度まで削《けず》ってしまった。そこそこ優位に戦えていたとは思うのだが、やはり基礎的なステータスの差が大きい。通常の攻撃《こうげき》ではほとんどダメージが通らないのが厄介だった。

「男爵級《だんしやく》とは比べ物にならなかったな……あれで子爵でも下位だというのだから恐ろしい」

「流石はフルレイドクエスト。六十人で戦うことが前提だったのかもしれないわね」

「その場合、砦の内部は騎士団《きしだん》に任せるだけで良かったのかもな」

「……まあ、勝てたんだし良しとしましょうか」

嘆息《たんそく》交じりのエレノアの言葉に苦笑《くしょう》しつつ、俺は周囲の状況《じょうきょう》を確認する。

『キャメロット』の連中は砦の内部から退却《たいきゃく》しつつあり、入れ替わるように騎士団が内部の確認に向かっていた。恐らく、建物内部を隅々《すみずみ》まで確認するのだろう。クエストの達成通知そのものは出ているが、彼《かれ》らは己の目で確認しなければ納得《なっとく》はできまい。

確認についてはしばし待つようにするとして……さて、この後はどうするべきか。この国でやることも大方終わったわけだし、そろそろ隣国《りんごく》に向かうのもいいかもしれないな。

「ねえ、クオン。一つ聞いてもいいかしら」

「おん？　構わんが、何を聞きたいんだ？」

「あの悪魔を倒した、最後の攻撃のことよ。最後、貴方《あなた》が攻撃をする直前、あの悪魔が棒立ちになっていたように見えたのだけど……あれ、何があったの？」

「ああ、傍《はた》から見ているとそう見えるんだよな」

歩法の奥伝、虚拍・先陣。あれは、難易度は高いものの得られるリターンは非常に大きい、奥伝の中でも有用な術理の一つだ。

しかしながら、あれは使っている当人と受けている当人にしか効果が分かり辛《づら》い術理である。何しろ、傍から見ていても、普通に走って近づいているようにしか見えないのだ。

「うちの飯の種だから詳《くわ》しくは説明できんが……あれは、相手の視界から消え去る歩法だ」

「消え去るって……正面から向かい合っていたわよね？」

「方法はある。かなり難易度は高いがな。とにかく、それで俺の姿を見失ったことで、奴は一瞬硬直《いっしゅんこうちょく》していたわけだ。あとは、その隙《すき》に近づいて攻撃しただけだな」

「……本当に何でもアリよね、貴方」

驚《おどろ》きを通り越《こ》して呆れが出てきたのか、エレノアは半眼で俺のことを見つめていた。そんな視線には苦笑を返しつつ、俺は緋真たちの方向へと視線を向ける。どうやら我が弟子《でし》は、俺の最後の動きについてルミナに話をしているようだ。

虚拍による幻惑《げんわく》は、一言で言えば脳の錯覚《さっかく》を利用した技術である。人の脳は、常に視覚情報を補完しながら処理している。映像と映像の隙間に、当然『あるべきである』姿があると認識《にんしき》することで連続した映像を処理しているのだ。

ならばその瞬間に、あるべき場所から見ていた対象の姿がずれたらどうなるか。答えは単純――その姿を認識できなくなるのだ。

（視界の中にいるのに、認識できなくなる……この術理の開祖はどうやってそれを見出《みいだ》したんだかな）

初めてクソジジイにこれを喰《く》らった時――そして自らこれを習得した時。その時も俺は同じことを考えていた。確かに意識誘導《ゆうどう》の延長線上にある技術ではあるが、その難易度は比べ物にならないほどに高い。何故なら、これはいつでも使える業というわけではないからだ。

映像と映像の隙間というものは、決していつでも存在しているというわけではない。当然ながら一つの映像の最中ではその隙間というものは存在せず、その空隙《くうげき》を正確に見極《みきわ》める必要があるのだ。では、その隙間は一体どこに存在しているのか――それは、攻撃の出始めと出終わりである。

攻撃行動へと移る瞬間、そして攻撃行動を終えて次の行動へと移る瞬間。その意識の切り替えの中に、ほんの僅かな刹那の隙が存在しているのだ。

(生きているだけで隙は生じる、だったか。たまにいるんだよな、本能的にそれを察知できる奴が)

本来であれば、隙と呼ぶこともできないような一瞬の空白。そのほんの僅かな隙に相手の認識から外れることで、隙をコンマ数秒ほどにまで押し広《ひろ》げる。相手はこちらの姿を見失ったことで動揺《どうよう》し、動きを止め――その隙に必殺の一撃を放つ。これこそが、歩法の奥伝である虚拍。これの使い手は、本来使い手同士でなければ勝負することもできないのだ。

認識から消えるそのからくりを理解できなければ、消えた瞬間の対処が間に合わないのである。

だが、この術理は俺でもかなり扱いの難しい技術である。何しろ、相手の空隙に潜り込《こ》むためには、相手の攻撃のテンポを正確に把握《はあく》しなければならないからだ。

どのような人間であれ、戦いには必ずリズムが存在する。俺はそれを『呼吸』と呼んでいるが、そのテンポを把握できない限り潜り込むことは不可能だ。俺の場合、その把握にかかる時間はおおよそ三十秒から一分。その間、一対一で戦闘《せんとう》を続けられれば、ほぼ確実に虚拍に入り込める。今回の場合はそれより長く戦闘を行っていたが、鎧《よろい》を貫《つらぬ》ける攻撃力が足りていなかったため、少し時間がかかったのだ。

「基礎《きそ》攻撃力不足、か……何か新しいスキルを習得した方が良いか？」

「突然《とつぜん》何を言っているのかと思えば……まだ足りないの？」

「そりゃなぁ。それさえあれば、フィリムエルを倒すのももう少し楽だっただろう」

「……そういえば貴方って、通常の攻撃力はそれほど高くはないんだったわね」

俺の攻撃は、《生命の剣》と《強化魔法》で威力を増してはいるが、それでもそこまで高い攻撃力になるわけではない。ＨＰ消費と言う重いコストがあるおかげで《生命の剣》の威力はそこそこ高いが、あれはそう連発していいものではない。

《魔技共演》のおかげで幾分か使い易《やす》くなったとは言え、本気でダメージを出そうとすれば《生命の剣》のみを使用しなければならないのだ。

「でも貴方、どうせ新しくスキルを覚えても、そういう苦戦する相手以外には使わないのでしょう。普段使《ふだんづか》いしないスキルは割と邪魔《じゃま》になるわよ」

「あー……確かに、それはあるかもな」

滅多《めった》に使わない《採掘《さいくつ》》を思い浮かべながら、肩を竦めて苦笑する。確かに、それだけのためにスキル枠《わく》を埋《う》めるというのも少々勿体《もったい》ない話だ。とはいえ、火力不足に問題があることも事実。何かしらの対策は取らねばならないだろう。

そう頭を悩《なや》ませていたところで、軽く吐息《といき》を零《こぼ》したエレノアが笑みを浮かべて声を上げた。

「なら、ウチで一時的な攻撃力ブーストのアイテムを作製しましょうか」

「何？　そんなものがあるのか？」

「まだ生産には成功していないけれど、存在自体は確認されているわ。こちらのクエストの進み次第《しだい》で、作れるようになるでしょうね」

「成程……確かに、それならば必要な時だけ使えばいいし、便利だな」

「でしょう？　まあ、消費アイテムの割には少々割高になるけど……」

「別に全ての戦闘で使うわけじゃないんだ、それで構わんさ……一応、考えておく」

どのみち金は余っているのだ。先日の教授からの金については銀行――のような施設《しせつ》に預けているが、かなりの額が貯まっている。たとえ値が張る消耗品《しょうもうひん》だとしても、ちょっとやそっとで金欠になることは無いだろう。どのような形式のアイテムになるのかは分からんが、決して無駄《むだ》になることはあるまい。とはいえ、慣れていないアイテムを使えるかどうかの不安もあるのだが。

強敵との戦闘でどのように活用していくか、脳裏にイメージを描き――それが形を成すよりも早く、アルトリウスがこちらに近づいてきた。

「ふぅ……お疲れ様でした、クオンさん。流石ですね。子爵《ししゃく》級を相手に一人で食い下がるどころか、倒し切ってしまうとは」

「『キャメロット』の援護《えんご》が無ければ厳しかったがな。それより、よく横から手を出さずにいてくれた」

「介入《かいにゅう》すべきか、とも思いましたが……下手な横槍《よこやり》は邪魔にしかならないでしょうからね」

「よく言う。お前さんならやりようもあっただろうに」

アルトリウスの指揮能力ならば、俺の邪魔をしないように立ち回ることも不可能ではなかったはずだ。

とはいえ、手を出さずにいてくれたことは実にありがたい。おかげで、思う存分爵位悪《しゃくいあく》魔《ま》との戦闘を楽しむことができた。アルトリウスも、俺が援護を望まないことを分かった上で、支援のみに徹《てっ》してくれたのだろう。

「ともあれ、参加してくれて助かった。スムーズに行けたのはお前さんらのお陰《かげ》だ」

「ははは、僕《ぼく》らとしても、これほど大きなクエストに参加できたのは僥倖《ぎょうこう》でしたよ。面白《おもしろ》い報酬も貰《もら》えましたし」

「報酬？　ああ、そう言えば配られていたが……何か珍《めずら》しいものでもあったのか？」

「クオンさんは確か持っていたかと思いますが、騎士団の紋章《もんしょう》ですよ。あれはこの国ではもちろん、他国でも通じる身分証明書です。僕らにとっては、かなり価値のある報酬ですよ」

「私も、騎士団と直接交渉《こうしょう》ができるようになるのは助かるわね」

成程、あの紋章は大クランの二人にとってはかなり有用なアイテムであるらしい。まあ、俺でもたまに使えるものであるし、使い方を間違えなければ便利な代物《しろもの》なのだろう。

しかし、既に団長の紋章を持っている俺にとっては特に価値の無い報酬だ。他に何か得られていないのかとインベントリを確認し――ふと、見慣れぬアイテムを発見した。

「これは……スキルオーブか？」

「え？　私の方には無かったわよ？」

「爵位悪魔討伐《とうばつ》の報酬ですかね」

見覚えのない、二つのスキルオーブ。一つは《風魔法《かぜまほう》》のスキルオーブで、もう一つは《インファイト》のスキルオーブだった。

「《風魔法》……マジックスキルってのは二つ覚えられるのか？」

「はい、覚えられますよ。マジックスキルの枠に設定できるのは一つだけですけど、通常のスキル枠にも魔法を入れられます。そちらの場合は魔導戦技《マギカ・テクニカ》は使えませんけどね」

「魔法優先ビルドのプレイヤーとかは、基本二種類は覚えてるわよね」

「……そういえば、ルミナも光と風を持っていたか」

あまり風の魔法を使っている印象はないが、聞くところによると移動などで使用しているらしい。攻撃に関しては光の方が強いため、補助に使うのがメインだそうだ。とはいえ、俺はこれ以上魔法を使うつもりは無い。これは売り払ってしまっていいだろう。

しかし、もう一つのスキルは――

■《インファイト》：戦闘・パッシブスキル
戦闘中の相手との距離《きより》が近い場合に武器攻撃力が上昇する。

接近状態で五秒以上戦闘を継続《けいぞく》した場合に効果を発揮する。

上昇量はスキルレベルに依存《いぞん》する。

「あー、これって《格闘《かくとう》》スキル関連のクエスト報酬だったような……」

「ふーむ、相手との距離を近く保ちながら戦えということか」

状況にもよるが、これならば安定して攻撃力を上げられるだろう。先ほどの問題の解決になるほどの上昇量かは分からないが、多少はマシになるはずだ。俺の場合は遠距離で戦うことは殆《ほとん》ど無いし、効果も発揮しやすいだろう。

しかし、何故《なぜ》奴《やつ》を倒してこのスキルオーブが手に入ったのか。槍《やり》に対抗《たいこう》して近距離で戦ったことが評価されたとでも言うのか。

「……まあ、こっちは使えそうなスキルだな。今度使ってみるかね」

「使えるのに取得条件が面倒臭《めんどうくさ》いって言われていたスキルなのに、オーブがあったのね」

「これなら常時使えるスキルだろうし、火力の底上げにもなるか……ああ、それでもアイテムの開発は頼《たの》むぞ？　俺が使うかどうかは分からんが」

「分かってるわよ。普通《ふつう》に商品にはなるから、そちらはそちらで進めておくわ」

付け加えた俺の言葉に、エレノアは笑みを零しながら首肯《しゅこう》する。このスキルも、どの程度火力が上がるかは分からないからな。とりあえず、次にスキル枠を増やせる機会があるとすれば――恐《おそ》らく、隣国へと赴《おもむ》く際《さい》に立ちはだかるボス討伐《とうばつ》の報酬だろう。

これは、さっさと次の国――ベーディンジアに向かう理由ができてしまったな。

「エレノア、伊織《いおり》はこっちに来ていたよな。装備の修復を頼めるか？」

「え？　ええ、それは構わないけど……まさか、ここで修理しろってこと？」

「ああ、砦の施設は頼めば使わせて貰えるだろう。さっさと次のボスに向かいたいんでね」

「はぁ……全く、慌《あわ》ただしいわね。了解《りょうかい》よ、話を付けてあげる」

その言葉に満足して頷《うなず》き、笑《え》みを浮かべる。スキルも気になるが、隣国には更《さら》なる悪魔共が出現しているはずだ。倒す敵には困るまい、さっさと移動したいところだ。

まあ、まずはあの関所を通れるようになっているかどうかが問題なのだが。その辺りはグラードに聞けばわかるだろう。その点も含《ふく》めて、話をしてみることとしよう。

第十四章

次のボスへ

『《MP自動回復》のスキルレベルが上昇しました』
『《収奪の剣》のスキルレベルが上昇しました』
『《生命の剣》のスキルレベルが上昇しました』
『《生命力操作》のスキルレベルが上昇しました』
『《魔力《まりょく》操作》のスキルレベルが上昇しました』

山間にある関所へと向かう道すがら、集まってきた猿《さる》共を片付けて一息吐く。疲れたと言うほどではないが、今はもうここの猿共の相手は正直面倒《めんどう》でしかない。以前と比べてかなりこちらが強化されているため、相手とするには不足に感じてしまうのだ。

(この程度では肩慣《かたな》らしにもならんか——いや、フィリムエル相手で十分慣らしてはいるんだが)

あの砦での戦いを思い返し、軽く息を吐き出す。

砦の奪還の後、幸いなことに、防具の修復は簡単に行うことができた。確実に穴が開いていたと思ったのだが、どうやら確認したところ破損はしていなかったようだ。いや、正確に言えば確かに穴は開いていたのだが、一度インベントリに格納したらそれが無くなっていた。どうやら、耐久度《たいきゅう》が低くならない限りは見た目は直すことができるらしい。尤も、着物も羽織も、一度の戦闘でかなり耐久度を減らされていたことは事実であるが。

それでも、特に大した手間なく修理できたのは幸いだったと言える。これならば、次なる標的相手にも十分戦えるだろう。

「……先生、本当にいいんですか？　あれだけ戦った直後なのに、いきなりボスとか」

「この国で、他にやることも無いだろう？　他の聖火の塔《とう》はどこぞのクランが手を出しているわけだしな」

アルファシアにある聖火の塔は、ほぼ全てが解放されている状態にある。唯一《ゆいいつ》残っているのはファウスカッツェの南方にあるという塔であるが、そちらも規模の大きいクランが攻略《こうりゃく》に当たっているとのことだ。俺としても二つも塔を攻略する理由は無いし、わざわざ手を出すつもりは無い。

それならば、より強く、そしてより多くの悪魔《あくま》が蔓延《はびこ》っている隣国を目指すべきだろう。

「あの関所も、もう開いているって話なんだ。行かない理由も無かろう？」

「まあ、そうですけどねぇ……一応、何人かはそこに到達《とうたつ》しているみたいではありますよ」

何やらウィンドウを操作している緋真《ひさな》は、感心と呆れを交えた口調でそう答える。どうやら、掲示板《けいじばん》とやらから情報を得ているらしい。まあ、防衛戦が終わった直後から開いていたのかどうかは知らないが、タイミング的に俺《おれ》たちが最初ではなくても不思議ではない。

しかし――緋真の反応は、どうも渋《しぶ》いものだ。

「何かあったのか？」

「初見のボスにはよくあることですけど……まあ、見事に敗退したみたいですね。まるで戦えずに全滅《ぜんめつ》したようです」

「戦えずに？　仮にもここまで到達したプレイヤーだろう、そこまで一方的になるものか？　……まさか、また悪魔か？」

脳裏《のうり》に浮かぶのは、王都への道を塞《ふさ》いでいた悪魔ゲリュオンである。奴《やつ》は特殊《とくしゅ》なギミックによってこちらの動きを制限していたが、あれと同じような真似《まね》をされたのだろうか。しかし、その問いに対し、緋真は首を横に振って答えた。

「いえ、純粋に負けただけですね。今回のボスは悪魔ではなく、普通に魔物《まもの》ですよ」

「それなら、何故《なぜ》歯が立たなかったのですか？」

「単純に、ボスとその取り巻きが空を飛んでいたからだよ」

ルミナの疑問に返した緋真の答えに、思わずピクリと眉《まゆ》を跳《は》ねさせる。

飛行する魔物とは今までも何度か戦ったことがあるが、総じて面倒な相手である。尤も、その理由は俺が遠距離《えんきより》攻撃《こうげき》手段をほぼ持っていないからであるのだが。

遠くに攻撃を当てる手段が無ければ、飛行する敵の相手というのは中々に難しい。しかもそれがボスとなれば、かなり厄介《やっかい》な相手となるだろう。

「具体的にはどんな奴だ？」

「グリフォンですね。えっと、鷲獅子《わしじし》……鷲の翼《つばさ》と上半身、ライオンの下半身を持つ馬ぐらいの大きさの怪物《かいぶつ》です。それと、マウンテンイーグル五体が取り巻きにいます」

「ほう……そんな巨体《きよたい》が空を飛んでいるのか」

飛行するからにはそれなりのスピードを有していることだろう。それだけの巨体がスピードを出しているというのは、それだけで恐ろしいものだ。

取り巻きの鳥については……これも厄介だな。グリフォンほどではなかろうが、大型の猛禽類《もうきんるい》は優《すぐ》れた狩人《かりゆうど》だ。油断すればあっさりと狩られるだろう。

「やっぱりと言うか、基本あんまり降りてこないみたいですね。上空で旋回しながら、隙を見て急降下攻撃してくるような感じです」

「……直接攻撃をしに来るだけマシだが、面倒な相手だな」

「私が上空で戦いましょうか？」

「飛ぶのは構わんが……お前は今日の刻印を使い切っているんだから、あまり無茶《むちゃ》をするなよ」

確かに、ルミナが上空で戦うのは有効だろう。しかし、地上にいる俺たちからは援護がしづらく、孤立無援《こりつむえん》の戦いとなってしまう。刻印があればマウンテンイーグルを一網打尽《いちもうだじん》にできるかもしれないが、それが無い以上は気にしても仕方がない。

「どちらかと言えば、お前は敵を地上近くまで誘《おび》き寄せてくれた方が助かるな。それならこちらも手が出しやすくなる」

「成程……分かりました、お父様。囮役《おとり》を務めてみせます！」

「ああ、期待しているぞ」

まあどちらにしても、どうにかして上空の敵を攻撃できるようにしなければならない。たとえ誘き寄せたとしても、そのまま地上まで降りてくるわけではないだろう。

可能ならば、どうにかして翼に傷を負わせ、地面に落とす。地上での戦いであればこちらのものだ――尤も、獅子《しし》の体であると言うならば、それでも油断はできないだろうが。

「ルミナ、お前が敵を誘き寄せる。緋真は敵の翼を狙《ねら》え。地上に落とせれば俺が何とかする」

「了解です。まあ、手札は増えましたし、何とかしますよ」

方法で頭を悩ませているらしい緋真には首肯を返しつつ、俺は姿の見えてきた関所を見上げる。この場所に来るまでには中々の距離がある。正直、何度も往復するのは避《さ》けたい距離だ。対策をした方が良いかもしれないが、今更後戻《いまさらあともど》りするのも面倒である。

今使える手札で、確実に仕留《しと》めるためには――

「ふむ……よし、行くとするか」

「はいっ」

「了解です、先生」

頷く二人を引き連れて、関所へ。以前も確認したその建物は、しかし以前とは異なり、その巨大《きょだい》な扉《とびら》は開け放たれていた。そして同時に、周囲にも異常が発生している。以前には無かった、石柱が並べられていたのだ。あれは他でも目にした、ボスの戦闘領域を示すもの。今の所他のプレイヤーの姿はないが、あそこでボスと戦うことは間違いないだろう。

俺たちは互《たが》いに視線を合わせ、覚悟《かくご》を決めたことを確認し、石柱の内側へと足を踏み入れる。瞬間《しゅんかん》――強い風が、砂塵《さじん》を巻き上げて俺たちの間を通り抜《ぬ》けていた。

『ケエエエェエエェ――――――ッ！』

「……あれが、グリフォンか」

威嚇《いかく》するような、力強い声。風と一緒《いっしょ》に吹《ふ》き付けてきた敵意を肌《はだ》で感じ取りながら、俺は白鋼の小太刀《こだち》を抜き放った。

■グリフォン
種別：魔物
レベル：38
状態：アクティブ
属性：風
戦闘位置：？？？

■マウンテンイーグル
種別：魔物
レベル：35
状態：アクティブ
属性：風
戦闘位置：空中

その姿があったのは、関所の屋根の上。

そこで身を伏《ふ》せていたグリフォンは、俺たちの姿を睥睨《へいげい》して威嚇の声を上げていた。マウンテンイーグルたちはその周囲に配置されており、俺たちの姿を見て一斉に飛び立とうとする——その、瞬間。

「《スペルチャージ》、【フレイムバースト】！」

「光よ、爆《は》ぜよ！」

——先制攻撃として、準備していた二つの範囲魔法《はんいまほう》が炸裂《さくれつ》していた。

光と炎《ほのお》が荒《あ》れ狂《くる》い、強烈《きょうれつ》な閃光《せんこう》となって関所の上部を蹂躙《じゅうりん》する。しかし、その輝《かがや》きの中から、僅《わず》かに動きを乱しながらも六つの影《かげ》が飛び立った。やはり、あれだけで何とかなる相手ではなかったようだ。

「ルミナ、行け！」

「はい！」

光の翼を羽ばたかせ、ルミナが地上から飛び立つ。こちらは魔法の準備をしつつ、その状況の推移を観察する。直撃《ちょくげき》を受けた筈《はず》のグリフォンは大したダメージは受けていないが、マウンテンイーグルたちはそこそこＨＰを減らしているようだ。あれなら、刻印さえあれば一網打尽にできたかもしれないが……まあ、そこは仕方あるまい。

飛行を開始したルミナに、グリフォンたちは即座《そくざ》に反応した。地上にいるこちらよりは、飛行可能なルミナの方を優先的に狙うということか。まあ、それならそれで分かり易い。狙われないのであれば、こちらは一方的に攻撃させて貰うまでだ。

「ルミナ、回避に専念しろ！　緋真、お前が狙え！」

「分かりました、お父様！」

「了解です。気を付けて撃《う》ちますよ」

頷きつつも、既《すで》にやることは把握していたのだろう。緋真は溜《た》めていた魔法を上空へと撃ち放っていた。一直線に空へと駆《か》けた【ファイアボール】は、しかしマウンテンイーグルたちの間を縫《ぬ》うようにして通り抜ける。外した、と言うよりも避けられたな。ルミナを追いかけてはいるものの、回避行動を取れる程度の余裕はあるようだ。

「むぅ……これはちょっと難しいですね」

「範囲魔法は……ルミナを巻き込みかねんか」

「とりあえず、速射魔法で行ってみます——【ファイアアロー】！」

次に緋真の手から放たれたのは、細い矢の形状をした炎だ。それは火球とは比べ物にならぬほどの速さで飛翔《ひしょう》し——マウンテンイーグル一体の翼を射貫《いぬ》いていた。攻撃を受けたマウンテンイーグルは大きく体勢を崩《くず》し、しかし墜落《ついらく》には至らずその場で体勢を整える。

そしてそのマウンテンイーグルは、即座に緋真を敵と認識し、急降下を開始した。

「ほう……やってやれ、緋真」

「装填《そうてん》してる暇《ひま》はないですね……」

上空攻撃用に魔法を唱えているため、近接攻撃のための魔法を準備できないようだ。となれば緋真の場合、攻撃力の高い攻撃は限られる。この場合、こいつが使うのは当然――

「――【炎翔斬】」

緋真の刀が炎を纏《まと》い、大きく飛び上がりながらそれを一閃《いっせん》させる。相変わらず人間にはあり得ない跳躍《ちょうやく》だが、そのタイミングはドンピシャだ。振《ふ》り上げられた一閃は確実にマウンテンイーグルを迎撃《げいげき》し、その翼を斬《き》り裂《さ》く。片翼を完全に斬り裂かれたマウンテンイーグルはそのまま錐揉《きりも》み回転しながら地面に墜落した。

そして魔導戦技《マギカ・テクニカ》を終えた緋真は空中で体勢を立て直し、そのまま墜落したマウンテンイーグルへと追撃《ついげき》する。

「せいッ！」

体勢的に襲牙《しゅうが》を狙えただろうが、相手が小さいため、使えば刀が地面に突《つ》き刺《さ》さってしまうだろう。仕方なく、緋真はそのまま足でマウンテンイーグルを踏み潰《つぶ》し、その上で切っ先をマウンテンイーグルの首へと突き刺していた。

魔導戦技《マギカ・テクニカ》のダメージと墜落ダメージ、それに急所へのダメージによって、マウンテンイーグルのＨＰは完全に消失していた。

「ふむ……良い感じだな。俺はやることが無いが」

「ルミナちゃんに地上辺りまで来て貰っては？」

「いや、今はあいつも逃《に》げ回るので精いっぱいだ。もう少し減らしてからだな……というわけで、続行だ。あと二匹《ひき》はやった方が良いだろう」

「そうですか……ま、了解です。ちゃっちゃとやっちゃいますか」

本来、全員が地上で戦っていた場合はもっと苦戦していたのだろうが……まさかこのような展開になろうとは。しかし、ルミナの飛行訓練にもなるだろうし、無駄にはならないだろう。それに、グリフォンについてはそう簡単にはいかないだろうしな。

あの本命をどのように落とすか――その戦略を脳裏で練り直しながら、俺はじっくりとルミナの動きを観察していた。

空を閃く緋真《ひさな》の一閃が、急降下してきたマウンテンイーグルを真っ二つに斬り裂く。これで三度目だ、その軌道《きどう》にもいい加減慣れてきたということだろう。

こちらは相変わらずやることはないが、戦いの推移は順調だ。とはいえ、いい加減飽《あ》きてきたところである。《強化魔法》を唱えて待つのもそろそろ終わりにするとしよう。

「残りのマウンテンイーグルは二体――そろそろ行くとするか」

「それは良いですけど、どうやってやるつもりなんですか？」

「そりゃ、向こうから来て貰うしかあるまい」

幾《いく》らなんでも、ここから上空を攻撃するのは無理だ。先程《さきほど》から繰《く》り返している方法では、マウンテンイーグルは仕留められてもグリフォンはどうしようもない。

ルミナも敵の数が減ってある程度動き易くなっているが、攻撃に回ればグリフォンの攻撃を避《よ》け切れる保証はない。やはり、奴だけは他のと比べても別格の様子だ。

ならば――

「ルミナ、敵をこちらに誘き寄せろ！」

「っ、はい――！」

空中で身を翻《ひるがえ》したルミナが、グリフォンへと目眩《めくら》まし目的の閃光を放ちながら、墜落するようにこちらへと急降下する。それはまるで、先程のマウンテンイーグルの動きをなぞるように……ルミナは、一直線に落下していた。地面へと真っ直ぐに落下するその動きには、抗《あらが》いがたい恐怖《きょうふ》があるだろう。しかしそれでも、ルミナは一切躊躇《いっさいちゅうちょ》することなく地面へと向かい――地面に衝突《しょうとつ》するギリギリで、その方向を横へと向けていた。

俺の傍スレスレを、衝突寸前で回避《かいひ》してゆくルミナ。それを追うグリフォンは――巨体である以上それに対応しきれるものではないと思っていたのだが、奴は器用に体を翻すと、地面を走るようにしながら衝突を回避していた。どうやら、思ったよりも身軽であったようだ。だが、その身が地面にまで降りてきたことに変わりはない。

「――《生命の剣《けん》》ッ！」

手に持った小太刀に、黄金の輝きを宿す。そしてこちらへと突撃《とつげき》してきたグリフォンを紙一重で回避しながら、俺は手に持った小太刀をグリフォンの翼へと突き刺した。

「クェエッ⁉」

その痛みからか、グリフォンはバランスを崩して派手に転倒《てんとう》する。

馬並みの巨体だ、それに巻き込まれるだけでも危険だろう。バランスを崩したグリフォンの体を回避しつつ、俺はその動きを観察した。この巨体が空を飛んでいるというのは、正直詐欺《さぎ》としか思えないが――流石《さすが》に、その翼で空を飛ぶことは不可能だろう。

目的はこれで達成した。小さく笑い、俺は餓狼丸《がろうまる》を抜き放つ。随分《ずいぶん》と待たされてしまったが、ここからが本番だ。

「ルミナ、マウンテンイーグルの処理は任せるぞ。それまでは、俺たちで相手をする」

「気を付けてくださいよ、先生。飛べなくなったとしても、馬並みの大きさのライオンみたいなもんです」

「ついでにやたらと身軽だがな。無論、油断する気はないとも」

起き上がり、前足で地面を掻《か》くグリフォンの動きに注意しながら、俺は意識を研《と》ぎ澄《す》ませる。

あの巨体で押《お》し倒《たお》されれば一巻の終わりだ。鋭《するど》い嘴《くちばし》や爪《つめ》も十分な凶器《きょうき》であると言えるだろう。更に、発達した筋肉から繰り出される一撃《いちげき》は、肉を抉《えぐ》り骨を砕《くだ》くには十分すぎる破壊力《はかいりょく》を有している筈だ。相手は獣《けもの》。奴らには遊びは無く、油断も無い。狩《か》るか狩られるか――その世界で生きているのだ。

「ケェッ！」

「――――ッ！」

「速っ⁉」

グリフォンは地を蹴《け》ると同時、その巨体を生かしてこちらへと突進《とっしん》を仕掛《しか》けていた。

そのスピードは凄《すさ》まじい。一歩目から、奴はトップスピードに準ずるような速さを発揮していたのだ。舌打ちしつつ、俺は緋真とは反対方向に、散開するように回避する。

俺たちの間を駆け抜けたグリフォンは――そのスピードを殺さぬまま、旋回《せんかい》するようにこちらへと向かってくる。

「うへぇ、地面走ってても厄介ですね――《術理装填》、《スペルチャージ》【ファイアボール】」

「全くだな……『生奪』」

スキルを発動し、グリフォンの接近を待ち構える。やはり動物ということなのか、炎を見て警戒《けいかい》したらしく、奴はこちらへと向かってきた。

とはいえ、俺からすれば好都合だ。口元を笑みに歪《ゆが》め、重心を低く落とし――

「ケェッ！」

「シャァッ！」

飛行ではない跳躍と共に、こちらへと振り下ろされる強靱《きょうじん》な前足。俺は、その一撃を掻い潜《くぐ》るように奴の懐《ふところ》へと飛び込んだ。命中すれば頭など簡単に砕け散るだろう。この攻撃《こうげき》の直撃を受けるわけにはいかない。

背中を掠《かす》めてゆく剛腕《ごうわん》を感じながら、俺は蜻蛉《とんぼ》の構えから刃《やいば》を撃ち込んだ。

「グァッ⁉」

振り下ろした刃はグリフォンの胴《どう》を斬り裂き、赤い血が飛沫《しぶき》を上げる。だが、その身は随分と固い。皮こそ斬れたものの、内臓には到底到達《とうていとうたつ》しない程度の傷だ。

やはり、ボスというだけはある、相応に頑丈《がんじょう》だ。

(だが、子爵級悪魔《フィリムエル》ほどじゃねぇな!)

グリフォンの巨体に押し潰されぬように駆け抜け、振り返る。その頃《ころ》には、奴は血を点々と垂らしながらもまるで動きを鈍《にぶ》らせることなく、凄まじい速さで疾走《しっそう》していた。

厄介な機動力だ。あの重さとスピードはそれだけで凶器となる。故《ゆえ》に——

「緋真、足だ」

「っ、了解です！」

通り過ぎたグリフォンの進行方向と交錯《こうさく》するように、緋真は既に烈震《れっしん》で飛び出していた。狙うべきは奴の足。空中を駆ける力を削《そ》いだならば、次は地を駆ける力を削ぐべきだ。どちらも潰してしまえば、攻撃が通じる以上は倒すことは難しくない。

だが、グリフォンもそう甘《あま》い相手ではなく、即座に反応して緋真の突進を回避していた。

「甘い、そこッ！」

「────ッ！」

だが、緋真とて相手のスピードは理解している。簡単に捉《とら》えられるとは思っていなかったのだろう。故に、緋真は刃を振るい──その切っ先から、火球が発射された。

《術理装填》によって刃に込められた【ファイアボール】の力。それは、刃を振るった際に火球が発射されるという効果だ。直接斬りつけるのと比べれば威力《いりょく》は随分と下がるのだが、不意を突くには十分な威力を有している。

事実、火球が直撃したグリフォンは、驚愕《きょうがく》と共にその動きを鈍らせていた。

歩法──烈震。

それを感知し、俺は地を蹴る力を強める。

火の粉と煙《けむり》が舞《ま》う中、動きを止めたグリフォンへと刃を突き立てようと突進し──刹那《せつな》、背筋を這《は》いあがった悪寒《おかん》に、俺はその場から跳《と》び離《はな》れた。

「ケァアッ！」

そして次の瞬間、煙が弾《はじ》け飛ぶように吹き散らされる。それと共に発生したのは、俺と緋真へと向けて放たれた風の刃だった。緋真はそのまま駆け抜けることによって回避し、俺は体勢を崩しながらも着地する。

だが、グリフォンの殺気は依然《いぜん》として俺たちの身を貫いていた。

「ッ……《斬魔《ざんま》の剣》！」

飛来した風の砲弾《ほうだん》を《斬魔の剣》で斬り裂き、体勢を立て直す。

どうやら、グリフォンという魔物は風の魔法をも操《あやつ》れるらしい。あの身体能力だけでも厄介だというのに、風の魔法まで使ってきやがるとは。しかも――

「移動しながらでも使える、か！」

「ッ……《スペルチャージ》、【フレイムバースト】！」

地を駆けながら放たれる風の刃。それらを《斬魔の剣》で打ち消しながら、俺は奴を追い縋《すが》るように駆ける。緋真が奴の進行ルートに合わせるように魔法を発動したおかげで、その動きは若干鈍《じゃっかんにぶ》ったが、やはり人間の足で追いつけるようなものではない。

つまり、追いかけるのではなく待ち構える形で戦うべきなのだ。であれば、方法は一つ。

「緋真、壁《かべ》だ！」

「了解です！　先生はそこで！」

俺の言葉だけでやるべきことを理解したのだろう。緋真は即座に足を止め、魔法の詠唱《えいしょう》を開始していた。

破壊力は必要ない。今はただ、奴の動きを制御《せいぎょ》できればいいのだ。奴は最初、緋真の持つ炎の刃を警戒していた。やはり、炎は奴にとって脅威《きょうい》であると映っているのだろう。であれば、奴は態々《わざわざ》炎の壁に突っ込《こ》むような真似はしない筈だ。

「――【フレイムウォール】！」

「ケェッ⁉」

奴の進行ルートを遮《さえぎ》るように、炎の壁が発生する。それに驚《おどろ》いたグリフォンは迂回《うかい》するように進路を変え――その進行ルートを狙って、上空から光の槍が突き刺さっていた。どうやら、ルミナは他のマウンテンイーグルたちを片付けたらしい。

突き刺さった三本の槍を避けるためにグリフォンは再び進路を変え、それに沿うようにして再び炎の壁が発動する。緋真とルミナの魔法――その合わせ技は、ついに奴を俺の正面まで導いた。

「いい仕事だ……《生命の剣》」

三割のＨＰを代償《だいしょう》として捧《ささ》げ、黄金に輝く餓狼丸を蜻蛉の構えに。俺を正面に捉えたグリフォンは、身に纏う風を撃ち出すように風の刃を放つ。数は三つ、全て角度を変えた器用な連撃だ。

歩法――影踏《かげふみ》。

その全てを捉えながら、俺はあえて前に踏《ふ》み出した。

重心を僅かに傾《かたむ》けながら踏み出すことで、次なる一歩の方向を曲げる歩法。それによって刃の内側を掻い潜《くぐ》った俺は、最後の一歩にて奴に接近する。グリフォンは、接近してくる俺に対し、大きく跳躍しながらその剛腕を振り下ろし――

斬法――剛《ごう》の型、刹火《せっか》。

その一撃に対し、俺は体を斜《なな》め前へと傾けるようにしながら刃を放った。

これはカウンターの一撃。相手の突進の勢いと、こちらの突進の勢い、その両方を利用する一閃だ。相手から振り下ろされた一撃を紙一重で回避しながら放った一閃は、グリフォンの剛腕を斬り裂き――血飛沫《ちしぶき》と共に斬断していた。

「ガアアアアッ!?」

「――《術理装填》、《スペルチャージ》【フレイムランス】」

そこに、新たに覚えたばかりの魔法を携《たずさ》えた緋真が駆ける。烈震と共に突き出されるのは、穿牙《せんが》による刺突《しとつ》。その一撃は、前足を失って地面を転がったグリフォンの腹部へと突き刺さり――その先端《せんたん》より解放された炎が、槍と化してグリフォンの体を貫通《かんつう》していた。

刃と炎によって体内を蹂躙され、グリフォンは苦悶《くもん》と共に大きくＨＰを減らす。

そして――

「随分と追い回してくれた、お返しです」

白い輝きが閃いて、光を纏うルミナの刀が、グリフォンの首を斬り裂く。一拍遅《ぱくおく》れて、大量の血が大きく噴《ふ》き上がり――グリフォンは、その場に横倒《よこだお》しとなったのだった。

『レベルが上昇《じょうしょう》しました。ステータスポイントを割《わ》り振ってください』

『《刀術》のスキルレベルが上昇しました』

『《識別》のスキルレベルが上昇しました』

『《生命の剣》のスキルレベルが上昇しました』

『《斬魔の剣》のスキルレベルが上昇しました』

『《テイム》のスキルレベルが上昇しました』

『《魔力操作》のスキルレベルが上昇しました』

『《魔技共演》のスキルレベルが上昇しました』

『テイムモンスター《ルミナ》のレベルが上昇しました』

『フィールドボスの討伐に成功しました！　エリアの通行が可能になります』

『フィールドボス、《グリフォン》が初めて討伐されました。ボーナスドロップが配布されます』

掲示板その5

【イベント終了】MT雑談スレPart.165[sage進行]【報酬確保】

001：ササラ
ここはMTに関する雑談スレです。
まったり進行&sage推奨。
次スレは>>950踏んだ人にお願いします。

前スレ
【イベント】MT雑談スレPart.164[sage進行]【打ち上げ】

====================（略）====================

442：SOH
思えば正式サービス開始後初のイベントだったわけだが、
改めて有名プレイヤーの実力が浮き彫りになったな

443：ミック
>>440
ぶっちゃけキャメロットの入団確認って、
個人の実力云々より、きちんと指示に従えるかを見てるしな

444：蘇芳

>>440
キャメロットの人員は大体三通りいるよ。
・純粋に民度の高いプレイヤー
・アルトリウスのファン層
・アルトリウスの狂信者層

445：ruru
最初はそれほど数は多くなかったけど、
アルトリウスさんをリーダーにして戦ったら戦果を挙げられたって意見が多くて、
β版のイベントでそれが顕著《けんちょ》になった結果今の感じになったし

446：朝夷衣
>>442
動画で見てみると、それぞれの所で特色出てて面白かったよな。
師匠が頭おかしくて印象薄くなってるけど、
剣姫もやっぱり頭おかしいわ。

447：えりりん
師匠NPC説が出てるのは流石に草

448：シュレン
有名プレイヤーに対する評判は大体いつも通りだったけど、
クオンさんは本当に賛否両論だな

449：ミック
>>448
師匠の強さってゲームシステムとは別次元だからなぁ

構成だけ真似しても実力を発揮できないどころか
ぶっちゃけ弱くなるのが何とも言えん

450：蘇芳
まだ騒がれてはいるけど、本人が怖すぎて面と向かって文句言う奴はいない様子。
おおよそ、リアル性能極振りだから議論するだけ無駄って流れになってるけどね。
その結果のNPC説なわけだが。

451：この書き込みは削除されました
この書き込みは削除されました

452：アイゼンブルグ
師匠はもう例外中の例外みたいな扱いになりつつあるしな
議論するだけ無駄無駄、TAS動画見てるようなもんだろ

453：来夏
面と向かって文句を言える人もいないしね
そもそもスレで騒いでいる連中は正面から向き合えないからこっちにいるわけで

454：まにまに
>>451
対応早いなぁ

455：蘇芳
>>451
こんな所で騒いでいるぐらいなら、本人に直接言いに行ってみては？
たぶん大喜びで戦いに応じてくれるぞ。

456：ゼフィール
騒いでる連中全員、正面から言いに行けよ
クリフォトの腰抜けども全員を相手にしてくれるぐらいなんだから、
お前らのことも歓迎してくれるだろ？

457：ruru
>>455
他のプレイヤーなら嫌がらせにしかならない所を、
あの人普通に喜ぶからなぁ

458：カスピ海ヨーグルト
けど、あの威圧って本当にできるもんなの？

459：朝夷衣
剣鬼スマイルで熱烈歓迎する師匠とな

460：御園
>>458
今のうちらが武器抜いてウサギに向かって叫び声上げたら逃げてくだろ？
あれと同じようなもんだってさ

461：八雲
>>459
北に到着した時の返り血スマイルは普通にトラウマ

462：(´・ω・｀)
(´・ω・｀)聖火の塔を攻略よー

463：えりりん
師匠に成長武器（鬼に金棒の類義語）

464：朝夷衣
>>462
出荷よー

465：蘇芳

>>462
よくやった、帰ってきたら出荷よー

466：ruru
>>462
ランタン見つけてくるんだぞ
そして一緒に出荷だ

467：(´・ω・`)
(´・ω・`)そんなー

468：まにまに
聖火の塔かー
速攻で師匠がクリアして、一つはキャメロットが確保したからなぁ

469：アーシャ
南にあるのは始まりの道行きが担当してたね

470：シュレン
割とガッツリトラップで死にまくってたって評判だな
仕事の少なかったダンジョンシーカーが日の目を見た

471：ミック

>>466
代用が利くとは言え、あのランタン地味に欲しいんだよなぁ
他の国とか地方にも聖火の塔はあるのかね

472：まりも
あれ、何かキャメロット集まってきてない？

473：アイゼンブルグ
>>471
GMの口ぶりからして、世界中にあるんだろ

474：まにまに
>>472
どこよ？

475：渚
>>472
街の北側のこと？
確かにキャメロットとエレノア商会集まってるね

あ、師匠もいる

476：まりも
>>474
城の北側。

この組み合わせって、ひょっとして提携したっていう連中では？

477：鬼河
ちょっと気になるし見に行ってみるか

478：渚
クリフォトの連中までいるし
あいつらあれだけやられたのにまだ師匠に絡むのか……

479：蘇芳
キャメロットと師匠とエレノア商会とか、
これもう何かが起こるの確定じゃねーか（ダッシュ）

480：シュレン
昨日の今日で派手なことするなぁ……
ウチの馬鹿が反応するのは勘弁してほしい

481：ミック
話聞いた感じ、師匠が発見したクエストに他クランが誘われたのか

482：まりも
騎士団関連のレイドクエストだって
あの人、騎士団とも関わりがあるのか

483：アイゼンブルグ
>>481
提携結んだ直後とかすげぇタイミングだな

484：雲母水母
>>482
顔を出しておくべきだったか……！

485：渚
師匠『緋真以外のプレイヤーの強さとか五十歩百歩』

尺度違い過ぎませんかねぇ……

486：まにまに
>>485
実は弟子のこと結構高評価してるのね師匠

487：えりりん
>>485
馬鹿弟子発言と合わせると、ちょっとツンデレっぽくて好き

488：まりも
また現地人の人権談義で物議を醸しそうな発言を……

489：蘇芳
到着した直後にすげぇ発言が出たな。
まあ実際、あれだけ精巧にできてるAIだと人形扱いするのは難しいけど。
来たばっかりなのにクリフォトゲートも退散か……

490：SAI
レイドクエストは生放送するからお楽しみにー

フルレイドクエスト《ノースガード砦《とりで》の奪還《だつかん》》実況《じつきょう》スレpart1

001：K
クオン殿の発見したフルレイドクエスト、
《ノースガード砦の奪還》の生放送に合わせた雑談スレです。
放送の許可をしていただいたクオン殿には感謝を。

クエストの参加者は下記の通りとなっています。
・クオン殿パーティ 3名
・キャメロットパーティ 42名
・エレノア商会パーティ 15名（3名はクオン殿に合流）

====================（略）====================

256：蘇芳
大体生放送の方でコメントしてるから、
こっちの方は進行ゆっくりだな。

257：李亜夢
生放送なら師匠視点にしてほしいなぁ
どうせ無茶苦茶やるんでしょ？

258：ruru
商会長から鉤縄押し付けられてて草。
ますます忍者ムーブかますのか。

259：ミック
そろそろ戦闘開始だなぁ

260：金管魂
師匠は鉄砲玉、はっきりわかんだね

261：スキア
初見のヤバそうな場所にはとりあえず師匠を突撃させる。
これ安定。

262：蘇芳

お、イベント開始

263：ruru

はっや、っていうか何であの姿勢でバランス保てるの？

264：いのり

あれ、全然減速しないんだけど、あれ壁に激突するんじゃゃ
ってえええええええええええええええ!?

265：ゼフィール

壁駆け上がるとか本当に人外だな

266：ミック

スタイリッシュ鉤縄アクション
やはり師匠は忍者

267：コロン

鉤縄ジャンプからの落下忍殺を決めていくー！

268：マッツ

敵も味方もドン引きですわ

269：影咲

鉤縄を渡した張本人もあれは予想外だった模様

270：ruru
師匠が使ったら一種の武器だよ鉤縄

＊　＊　＊　＊　＊

385：ミック
子爵級!?

386：蘇芳
おまっ、完全にイベントの続きじゃねーか!?

387：ミルル
そして案の定、師匠一人で突っ込むー
しかも互角じゃん

388：いのり
クオンさんが全力でスキル使ってるのに互角とか、
ぶっちゃけかなりヤバいのでは？

389：ruru
手が足りてないのもあるけど、ハイレベル過ぎて手が出せてない

390：スウゴ
師匠のHP、ほぼ自傷ダメージだけで削れてない？
そこまでやらんと追い付けないんだろうけど

391：ミック
お？

392：コロン
剣姫ナイスカット！

393：蘇芳

お、あれが報酬で貰ってた刻印かな？
単発とはいえいい火力だ！

394：オルタナ

成長武器使う？　ってなに？

395：ミック

>>394
成長武器が溜め込んだ経験値を消費しての特殊能力、だったかな。
師匠の武器の効果は知らんけど。

396：ruru

>>395
事前に公開されてた。無差別範囲スリップダメージと、
武器の攻撃力の段階的強化

397：スキア

お、これは……
斬○刀解放キタ———(ﾟ∀ﾟ)———!!

398：蘇芳

これは間違いなく始○、服装がぶっちゃけ隊長だし

399：えりりん
>>398
隊長なら卍〇使えるんだよなぁ

400：コロン
お、ボスにもスリップダメージ通るんだ！

401：マッツ
時間稼いでスリップダメージで倒すのか？
いや、師匠ならそんな戦法は選ばないか。

402：ruru
攻めていくぅ！
お、スリップダメージで敵も焦ってるか？

403：いのり
さっきよりダメージ通ってる、行ける行ける！

404：蘇芳
片手で投げて、行けるか!?

405：ミック
避けた!?

あの状態から!?

406：スキア
でも押してる！

407：金管魂
あれ、止まった
仕切り直すのか？

408：ゼフィール
お、何かキメ顔で何か言ってるぞ？
これは決着つけに行く感じか？

409：コロン
は？

410：ruru
何か一瞬、悪魔の反応遅れた？
でもこれでトドメ！

411：蘇芳
行ったあああああああああああああああああ！

412：マッツ

おおおおおおおおおおおおおお！

勝利！　師匠ですらギリギリの勝負とか、めっちゃ熱いじゃん！

413：ミック

呼吸忘れてたわー

これでアルファシア内の悪魔の勢力はほぼ壊滅かな

414：ミルル

いやー熱かった

この動画は保存版だわ

ボスを倒し、手に入ったのはグリフォンの素材とスキルスロットチケット。チケットはいつものこととして、どうやら今回も初回討伐《とうばつ》特典とやらがあるらしい。

ざっとインベントリを見た感じ、該当《がいとう》するアイテムはこれであろう。

■嵐王《ワイルドハント》の風切羽：素材・イベントアイテム
グリフォンの魔力《まりょく》の源となっていた羽根。

グリフォンそのものよりも強力な魔力を有している。

グリフォンの羽根ではなく、とある強力な魔物《まもの》の羽根であるらしい。


「……今回の特別報酬はよく分からんな」

以前の形見の剣《けん》のような、対処が分かり易《やす》い品物ではない。しかし、今の段階では考えても仕方ないだろう。判断に足る情報が無いのだ。

俺《おれ》は小さく嘆息《たんそく》しつつ、手に入れたスキルスロットチケットで、新たなスキルスロットを解放する。尤《もつと》も、取得するスキルは既《すで》に決まっているわけだが。以前手に入れていたスキルオーブを使用して《インファイト》を習得し、後はいつも通りのレベルアップ処理をして終了《しゆうりよう》だ。

「緋真《ひさな》、お前は何を取ったんだ？」

「《高速詠唱《えいしよう》》です。《術理装填《そうてん》》を使いこなすには、もう少し早く詠唱したいですから」

何気なしにした問いに対する返答に、成程《なるほど》と頷《うなず》く。確かにそれは必要なスキルだろう。あのスキルのお陰《かげ》で以前より魔法《まほう》を使う頻度《ひんど》が上がっているわけだし、その辺りの補強は優先事項《じこう》だ。

しかし、緋真はある程度先の育成方針が見えているのに対し、俺はまだ十分であるとは言えない。他にどのようなスキルを取るべきであるのか……新しいスキルを含《ふく》めて調整して、そこで補うべき要素を探していくか。

ステータス画面を閉じ、早速《さつそく》先へと進もうとして――ふと、耳慣れぬ音が耳に届く。

「メール……？」

「あれ、先生もですか？　私にも来ましたけど」

視界の端《はし》に表示されたメールアイコンをフォーカスすれば、ちょうど今届いたメールの内容が表示された。これはどうやら、運営からのメールであるらしい。

一体何故《なぜ》、このタイミングでメールを送ってきたのか。眉根《まゆね》を寄せながら内容に目を通し、俺は思わず沈黙《ちんもく》した。

「え、公式CM？　私たちが？」

どうやら、緋真の方に届いたメールも同じ内容であったようだ。

ベーディンジアが解放されたことにより、アルファシア内のプレイヤー密度が減ることから、ようやくプレイヤー第二陣《じん》の受け入れを開始するらしい。と言っても、すぐに受け入れが始まるわけではないようだが、ともあれそんな第二陣プレイヤー向けのテレビCMを公開するという話のようだ。そして、そのCMに使用するのが、俺たちプレイヤーが実際に動いている映像であるらしい。

メールの下部には、CM出演を了承《りょうしょう》するかどうかのアンケートと、俺が映っているシーンの抜粋《ばっすい》が置かれている。映像を再生してみると、確かに見覚えのあるシーンが、やたらと凝《こ》ったカメラワークで記録されていた。

「《悪魔の侵攻《しんこう》》の時の、ルミナと前に出たシーンと……フィリムエルと戦っていたシーンか。こんなものを記録していたとはな」

軍勢で攻めてくる悪魔に対し、俺とルミナが待ち構える……俺が鬼哭《きこく》を使う直前のシーン。そして、フィリムエルと交錯《こうさく》し、互《たが》いに武器を振《ふ》るうシーン。まあ、これであれば問題は無いだろう。特に見られて困る術理を使っているというわけでもないしな。

「私はイベント中に大量の悪魔を相手にしていた時のシーンですね。よく撮《と》ってましたねこんなの」

「ふむ……俺としては構わんのだが、お前はどうだ？」

「私もいいですよ。完成した映像がちょっと楽しみです」

「わ、私もお父様と一緒《いっしょ》に映っているのですか？　それは光栄です！」

ルミナに関しては俺が許可を出す立場なのだろうか？　まあ、本人も乗り気であるようだし、そこは問題ないか。ＣＭの出演を了承し、メールのウィンドウを閉じる。

予想外の出来事こそあったが、これで次なる国への進出が可能となったわけだ。

「よし、さっさと行くとするか。新たな場所、新たな敵だ。楽しみってもんだな」

「先生はそればっかりですね……」

呆《あき》れたように呟《つぶや》く緋真に、にやりと笑《え》みを返す。そのためにゲームをやっているのだ、言うまでも無く当然だろう。向かうは関所の先、騎《き》兵《へい》の国ベーディンジア。そこに如何《いか》なる敵がいるものか、期待に胸を膨《ふく》らませながら先へと足を進めたのだった。

＊　＊　＊　＊　＊

関所のある山の中は以前とあまり変わらない。出現する敵についてもそれは同じだった。まあ、同じ山の中なのだからそれは当たり前か。

今回はあまり敵を増やすような真似《まね》はせず、さっさと敵を片付けながら先へと進む。そしてほどなくして、俺たちは山の麓《ふもと》、ベーディンジア王国内へと足を踏《ふ》み入れていた。

「山の中からも少しは見えてましたけど……本当に広い草原ですね」

「この国は平地が多いという話だったしな。まさに前情報通りだが……いやはや、これはまただだっ広いな」

見渡《みわた》す限りの草原だ。一応、踏み固《かた》められた道が続いているため迷うことはなさそうだが、一度道を見失うと少々厄介《やっかい》そうなフィールドである。

出現する敵は気になるが、ここは素直《すなお》に街道《かいどう》を通っていくこととしよう。探索《たんさく》をするのは、一度拠点《きょてん》となる場所を発見してからでもいい筈《はず》だ。

「で……どうするんですか、先生？」

「まずは人里を見つけることからだな。そこで悪魔の情報を手に入れて、後はその情報次第《し》《だい》と言ったところか」

「とりあえず第一目標は悪魔、ということですね、お父様」

「そうだな。後は……騎馬《きば》の入手を考えてもいいか。この国にはいい馬がいるって話だしな」

この広い国を移動するためには、足となる馬があった方が良いだろう。この国において、馬を購入《こうにゆう》するにはどのような手続きを踏むのかはまだ分からないが、とりあえず金は十分余っている。下ろしてくる必要はあるが、購入するには十分な金額はあるだろう。

「馬って《テイム》じゃないと手に入らないんですかね……？」

「ああ、お前も一応乗馬は学んだのか」

「はい、とりあえず一通りは。ちゃんと走らせることもできますよ」

「成程な。お前の分の馬については……どういう扱《あつか》いになるのか、確かめてみるか」

何かしら手に入れる方法はあると思うのだが、そこはこの国の現地人に聞いてみる他ないだろう。ともあれ、人里に向かうことに変わりはない。この街道を進んでいけば、その内立て札なり看板なりに行き当たるだろう。

そう考えながら歩を進めること数分——俺は、こちらへと近づいてくる気配を察知した。

「注意しろ、敵が向かってきてるぞ」

「はい。向こう……ですよね？」

「ああ、結構な速さだ。そら、もう見えてるぞ」

相手の移動速度が速かったためか、或《ある》いは障害物の無い平原であったためか、緋真も相手の気配を感じ取れたようだ。こちらへと向かってくるのは二頭の魔物。

遠目でも分かる――あれは、馬の姿をした魔物のようだ。

■バトルホース
種別：動物・魔物
レベル：32
状態：アクティブ
属性：なし
戦闘位置：地上

しなやかな肉体に筋肉の浮《う》き出た、立派な馬だ。あんな馬が野生で暮らしているというのであれば、騎馬の産地として名高いのも頷ける。まあ、あれをどうやって飼い慣らしているのかという疑問はあるが――ともあれ、向かってくるのであれば蹴散《けち》らすまでだ。

馬たちは風のように平原を駆《か》け抜《ぬ》け、俺たちの方へと突進《とっしん》してくる。その速度はグリフォンにも劣《おと》らぬほど。まあ、トップスピードに乗ってそれなのだから、グリフォンの方がスピードでは上なのだろうが。

死角の無い中で突進してきている以上、その動きを見極《みきわ》めることは容易《たやす》い。俺たちは余《よ》裕《ゆう》をもって、その突進を回避《かいひ》した。

斬法――柔《じゅう》の型、筋裂《すじさき》。

突進攻撃《こうげき》に合わせて、篭手《こて》で押さえた刃《やいば》を置く。その瞬間《しゅんかん》、自ら刃に飛び込んだバトルホースは、その体の側面を大きく斬《き》り裂《さ》かれていた。反対側では、どうやら緋真も同じ方法で攻撃していたらしく、もう一体の馬も同じくダメージを受けている。そして通り過ぎた先へは、ルミナの放った魔法が追撃《ついげき》を行っていた。

どうやら防御力《ぼうぎょりょく》そのものは大したものではないらしく、今の攻防《こうぼう》だけでも結構なダメージを受けている様子だ。

「少し物足りんが――仕方ないか」

魔物とは言え、元は草食動物だ。あまり戦闘に向いた体の構造をしているわけではない。

馬である以上、蹴《け》りの威力《いりょく》には注意せねばならないだろうが、逆に言えば注意すれば当たるようなものではない。小さく苦笑《くしょう》し、俺はダメージを受けつつもこちらへ反転するために足を止めた馬へと、己《おのれ》の左腕《ひだりうで》を振るった。

左手に持っていたのは、レイドクエスト中にエレノアから押し付けられた鉤縄だ。左腕に巻き付けて持っていたそれを、俺は一気に伸《の》ばして馬の首へと巻き付けた。

「────ッ⁉」

「意外と便利だな、こりゃ」

歩法──跳襲《ちょうしゅう》。

グリフォン戦の反省を生かし、使えないかと取り出していたのだが、思ったよりも使い所がありそうだ。俺は内心で笑みを浮かべつつ、巻き付いた鉤縄を引っ張りながら跳躍《ちょうやく》した。魔物と力比べをすることは無意味だ。多少拮抗《きっこう》できたとしても大した意味はない。それよりも、向こうの抵抗する力を利用して一気に接近するべきだろう。

馬が引く力と俺の跳躍、その力を完全に合流させて、俺は大きく跳躍する。そして、馬を飛び越《こ》えながら鉤縄を短く持ち、馬の向こう側へと落下した。

「よっとぉ！」

「ヒヒィン⁉」

着地の瞬間に己の体重をかけて、馬のバランスを強引《ごういん》に崩《くず》す。そして次の瞬間、俺は馬の横っ腹へと突きを放ち、その内臓を穿《うが》った。まあ、流石《さすが》に馬の内臓の正確な位置までは把握《はあく》していないが、生物である以上大まかな場所は分かる。

貫《つらぬ》いた刃を捻《ひね》り、その臓腑《ぞうふ》を抉《えぐ》れば、《死点撃《う》ち》の効果によりバトルホースのＨＰを完全に削り取ることに成功した。

「もう一体は、と――」

馬の巨体《きょたい》に押し潰《つぶ》されぬよう退避《たいひ》しながら刃を引き抜き、血を振り落とす。そこでもう一体の方へと視線を向ければ、そちらは緋真の魔法によって足止めされたところをルミナによって斬り捨てられていた。ふむ、また太刀筋《たちすじ》も上達してきた様子だ。

最近は飛びながらの戦闘も多かったが、それのお陰か空中で刃を振るうことに慣れてきたようにも思える。これに関しては流石に俺たちも教えようが無いし、ルミナが自分で見《み》出《いだ》していく他に道は無いだろう。新しい術理を教えるかどうかについては微妙《びみょう》な所だな。多少業を見繕《みつくろ》っておいた方が良いか。

『《死点撃ち》のスキルレベルが上昇《じょうしょう》しました』

戦闘が終了したので、とりあえずアイテムを回収する。

ドロップしたのは、馬の毛と革《かわ》だった。馬の革は一体何に使えばいいのかはよく分からんが、新素材なのだから無駄《むだ》にはなるまい。

「先生、いつにも増して無茶苦茶な動きでしたね」

「なんだその言い草は。俺なりに機動力のある相手に対処する方法を考えた結果だぞ？」

「その結果がスパイアクションか忍者アクションになるとは思いませんでしたよ……けど、どうなんですか、鉤縄って？」

「意外と便利だぞ？　攻撃そのものとして使い易い訳ではないが、動きを止めたり移動したりするにはそこそこ使える」

尤も、俺自身あまり慣れている道具ではないため、使いこなせているとは口が裂けても言えないが。これに関しては少し練習が必要だろう。久遠神通流《くどうじんつうりゅう》でも、流石に鉤縄を使うような術理は無い。巻きつけることなく引っ掛《か》け、そして手首のスナップだけでそれを外せるようにはしたいものだ。自分なりに扱いやすい方法の模索《もさく》というのも、また中々面白《おもしろ》そうだな。

鉤縄を回収して改めて左腕に巻き付けて固定し、俺は二人を伴《ともな》って再び街道へと戻《もど》る。

とりあえず、何かに行き当たるまではこの街道を進んでいくこととしよう。

第十七章　従魔の巫女

　定期的に馬やらの襲撃《しゅうげき》を受けつつ、街道を進む。

　どうやら、この辺りは広い平原だからなのか動物系の魔物が多く出現するようだ。その筆頭はバトルホースであるが、グレートホーンとかいうやたら角の立派なバッファロー似の牛や、ハンタービーストとかいうハイエナのような獣《けもの》の姿もあった。草食動物の数が多く、それを狩《か》る肉食動物の姿がちらほら――どこか海外の国立公園のような光景とも言える。

　動物の生態の観察には面白いエリアなのかもしれないが、生憎《あいにく》と俺はその辺りには興味が無い。近寄ってくる敵を蹴散らしつつ進めば、俺たちは十字路――と言うよりは四差路に行き当たった。

「ふむ……行先は三つ、か」

「どっちに行けばいいんですかね？」

　俺たちはこれまで、地図の表記では真っ直ぐ東に進んできた形となる。

この目の前で分岐《ぶんき》している道は、方角的にはそれぞれ北東、南東、南南東に向かっている。一応立札が設置されており、順に要塞《ようさい》都市ベルゲン、フェーア牧場、王都グリングローと書かれているが……今の所、そこに何があるのかは何も分かっていないのだ。

「どうします？　とりあえず王都に行ってみるとか？」

「だが牧場も気になるな。馬が買えそうじゃないか？」

「ああ……この広いマップだと、先に足を手に入れるのもいいかもですね」

「馬上で使える武器が無いのも困りものだがな。フィノに野太刀《のだち》でも頼《たの》んでおくかね」

野太刀、大太刀は馬上、対馬上戦闘《せんとう》の武器である。馬上から突進の速度を生かした撫《な》で斬《ぎ》りや、突きや払《はら》いなど槍《やり》のような扱いをするパターン。同時に、地上からその長大なリーチで馬や騎手《きしゅ》を狙《ねら》うという二つの使い道がある。

大きすぎて取り回しが悪いため、普段使《ふだんづか》いには向かないのだが、馬が手に入るなら話は別だ。餓狼丸《がろうまる》も悪くはないが、流石に馬上で扱うには少々リーチが短い。野太刀を用意しておいて損は無いだろう。

「よし、とりあえず牧場の方に向かうとしよう。買えなかったら……そのまま王都に行って情報収集かね」

「了解《りょうかい》です。それじゃ、南東方面ですね」

頷き、二人を伴って歩き出す。

しかし、馬か。実際に馬に乗るのはかなり久しぶりだ。乗り方を忘れているわけではないが、馬上戦闘の訓練については一通り心得を学んだ程度で、習熟しているとは言い難《がた》い。それこそ、現代ではまず出番の無いような技術だ。事実、これまで一度も使うような場面は無かったからな。しかし、それが今になって機会が訪《おとず》れるとは……人生、何が起こるか分からないものだ。

馬を手に入れたら、しばらくは練習しておくべきだろう。勘《かん》を取り戻すにはしばらく時間が必要となりそうだ。と――

「ん……お父様、何か、変な感じが」

「うん？　ルミナ、どうかしたのか？」

「はい、その……言葉では表現しづらいのですが、何と言うか……何かに惹《ひ》かれるような感覚があります。興味を、関心を惹かれると言うか……」

「ほう、俺は何も感じていないが……緋真《ひさな》、そっちはどうだ？」

「私も全然分からないですよ。ルミナちゃん、それどっちの方角？」

「あちらです。少しずつ、南に向かって移動しているようですが……」

言って、ルミナは北の方角を指し示す。

ルミナの気配察知能力は、俺よりもかなり低い。それなのに、俺が未《いま》だ掴《つか》めていない気配を感じ取っているということは、これはルミナ特有の感覚によるものなのだろう。精霊《せいれい》としてなのか、はたまた別の要素か——何にせよ、ルミナがここで嘘《うそ》を吐《つ》くようなことはない。

向こうから何かが近づいてきているのは事実なのだろう。

「ふむ……とりあえず、様子を見るとするか。嫌《いや》な気配というわけではないんだな？」

「はい。どちらかと言うと、好ましいような……何故でしょうか。理由は特にない筈なのですが」

「良く分からんな……とりあえず、目で見れる所までは近づいておくか」

何が来ているのかは分からんが、この状況《じようきよう》においては変化というものは歓迎《かんげい》だ。果たして、何が起こっているのか。ルミナにしか感じ取れないのであれば、物理的な要素よりは魔法的な何かなのかもしれない。ルミナの言う好ましい気配とやらは、北から南下してきているわけだし、少し進めば姿ぐらいは見えてくるだろう。

若干《じやつかん》の期待を胸に先へと進み——俺は、ルミナの指し示す方角に動く影《かげ》を発見した。

「……ルミナ、あれか？」

「はい、間違いありません！」

「あれって、騎馬ですよね。騎馬が三騎……いや、それだけじゃないですよ」

「ああ、後ろに続いている連中がいるな」

ルミナの示した方角からやってきたのは、複数の騎馬だった。

先頭を走るのは三騎、遠目で見づらいが、乗っているのは軽装の鎧《よろい》姿の男たちだ。そして、中央の騎馬のみ、騎手がもう一人を胸に抱《かか》えるような形で二人乗りをしている様子だ。

騎馬の動きから察するに、他の二騎は中央の騎馬――いや、その抱えられたもう一人の人物を護《まも》ろうとしているように思える。

そして――その後方から追い縋《すが》る、五騎の騎馬。

「――ッ！　先生、後ろの！」

「ああ、見えている……悪魔共か！」

その姿を目にし、口角が吊り上がるのを感じる。まさか、こんなにも早く悪魔共を目にする機会が訪れようとは。しかし、まさか悪魔共まで馬に乗ってくるとは思わなかった。

流石に、今の状況で馬上の相手と戦うのは難しいのだが――

「……仕方ない、か。ルミナ、まずは先行して悪魔共を攻撃しろ。馬は傷つけずに一匹《ぴき》落とせ」

「分かりました！」

《光翼《こうよく》》を広げて飛び出したルミナの姿を見送り、俺は緋真と共にその集団とかち合うように駆けだした。

歩法──烈震《れっしん》。

馬の速度と張り合うことに意味はない。やったところで、時間を無駄にするだけだ。あの連中に速度で張り合えるのは空を飛んでいるルミナだけであるし、勝てない土俵で相手をすることはナンセンスである。であれば、一度の交錯で確実に一匹を落とす。そこから先は──まあ、何とかするとしよう。

「────っ⁉　ダメです、逃《に》げてください！」

駆ける俺の耳に、少女の叫《さけ》び声が届く。どうやら、あの中央の騎馬で護られていたのはこの声を上げた少女であったようだ。

こちらのことを案じているのであろうが、動き始めたからにはもう止めようがない。俺は小さく笑みを浮かべ、左手に鉤縄《かぎなわ》を準備した。そしてその直後──上空から飛来したルミナが、悪魔の右腕《みぎうで》を正確に斬り裂く。その衝撃《しょうげき》にバランスを崩した悪魔は、手綱《たづな》に引っかかりながら落馬する。死んだかどうかの確認《かくにん》はできないが、今は気にしている暇《ひま》もない。

「緋真！」

「速度落ちたって言っても、流石に無茶《むちゃ》ですからね⁉」

「いいから行け！」

俺の言葉に憤慨《ふんがい》しながら、若干スピードの落ちた馬へと緋真が向かっていく。それを見送りつつ、俺もまた悪魔の一体へと鉤縄を投げつけた。鋭《するど》い鉤縄は悪魔の肩口《かたぐち》に引っかかり、俺はその勢いを殺さぬようにしながら跳躍する。

歩法——跳襲。

鉤縄を引っかけられた悪魔はバランスを崩し、手綱を強く引きながら後ろへと転倒《てんとう》する。手綱を引かれたことで馬は驚《おどろ》きつつもブレーキをかけ——その動きが鈍《にぶ》ったところに、鉤縄を引き戻した俺はその勢いのまま馬へと接近する。

そして手綱へと手をかけて、俺はひらりと馬上に跳《と》び乗っていた。

「どうどう……いきなりで悪いが、付き合ってくれ」

馬は興奮状態で、唐突《とうとつ》に乗ってきた俺を振り落とそうとしたが、そこは首筋を軽く叩《たた》きつつ耳元で声を掛けて落ち着かせる。訓練されていない馬ではこうは行くまい。統一規格の鞍《くら》が付いていたことから予想はしていたが、やはりきちんと調教された騎馬であるようだ。

さて、緋真は何とか馬の手綱を掴み、その動きを止めようと奮闘している。徐々《じょじょ》に速度は落ちてきているし、あちらは問題ないだろう。であれば——

「行くぞ、付いてこい！」

餓狼丸を抜き放ち、足で馬に合図を出して走り出す。今の攻防で多少は距離《きょり》を離《はな》されてしまったが、まだ相手の姿は見えている。この状況ならばまだ追い付けるはずだ。

体勢を低く、馬の動きに合わせて重心を移動。こちらが動きを合わせていることを把握したこの馬も、それと共に駆ける速度を上げてゆく。賢《かしこ》い馬だ。恐《おそ》らく、悪魔共が育てたものではなく、ここの現地人が育てたものを強奪《ごうだつ》したのだろう。であれば殺すのは忍《しの》びない。状況によっては仕方ないが、今は悪魔共だけを斬ってやるとしよう。

「危険だが、付き合って貰《もら》うぞ！」

悪魔共も、自分たちが襲撃を受けたことは把握している。そして、それを仕《し》掛《か》けた張本人が後ろから迫《せま》ってきていることも感じ取っていたようだ。後方を気にしているためか速度が落ちているが、こちらからすれば二つの意味で好都合である。

悪魔共はこちらへと向けて攻撃魔《こうげきま》法《ほう》を放ってくる。馬上ではそうそう狙いなど定まるものではないが、俺は体重を傾《かたむ》け、馬に方向を示した。向かう先は悪魔共の左手側。そちらへと寄せながら、俺は当たりそうな魔法だけを《斬魔の剣》で斬り払ってゆく。

「いい子だ……！」

近くに魔法が着弾《ちゃくだん》しても、この馬は動じることなく走り続けている。実にいい馬だ。悪魔共にくれてやるには勿体《もったい》ない。であれば――さっさと排除《はいじょ》してやるとしよう。

「――『生奪』」

左側から悪魔共に接近し、振るった刃で斬り裂く。

向こうも馬上では避けようがないようだ。走り方からしても、あまり馬上戦闘には慣れていない様子だな。まあ、二人乗りの馬に追いつけなかった時点でそれは分かり切っていたことであるが。

「はあああっ！」

俺が一匹を斬り殺し、もう一匹がそれに気を取られた隙《すき》に、背後から飛来したルミナがもう一体を斬り裂く。残りは一体、あっという間に壊滅させられ、混乱している様子の悪魔だけ。

そしてそいつは、背後から飛来した炎《ほのお》の槍によって頭を貫かれていた。どうやら、緋真も追い付いてきたようだ。

「おい、あまり馬を驚かせてやるなよ！」

「ちゃんと当てないようにしましたよ！」

炎の時点で馬にはあまり良くないのだが――見たところ、あまり怖《こわ》がっている様子はない。魔法を使う世界だからか、その辺りもあまり怖がらぬように訓練されているということだろうか。まあ、その辺がどの程度設定されているのかなどは、『MT探索会』が考える領分だろう。

軽く肩《かた》を竦《すく》め、俺は馬の走るスピードを落とした。と——そこでようやく、俺は前方を走っていた三騎が足を止め、俺たちを待ち構えていることに気づく。どうやら、彼《かれ》らも悪魔が全滅《ぜんめつ》したことを察知したらしい。

彼らが何者かは知らないが、こちらは助けた立場だ。話ぐらいは聞けるだろう。俺は、誰《だれ》も乗っていない三頭を落ち着かせつつも、揃《そろ》ってゆっくりとそちらに近づいた。

「……救助、感謝する。我々はベーディンジア王国騎兵隊《きへいたい》だ。貴殿《きでん》らの所属を問いたい」

「こちらは所属は無い、異邦人《いほうじん》の旅人だ。先ほどアルファシアからこちらに入ってきたばかりであるため、状況を把握できていないが……悪魔と交戦中ということでよろしいか」

「異邦人……貴殿らが、あの女神《めがみ》の使徒という……成程な。おおよそ、貴殿の推察の通りだ。我々は悪魔の軍勢と交戦状態にある。今は要塞都市ベルゲンで押《お》し留《とど》めているが……」

騎士《きし》の表情は優《すぐ》れない。どうやら、戦況《せんきょう》は芳《かんば》しくない様子だ。

しかし、押し留めているということは、先程の様子から悪魔は北から攻《せ》めてきているということだろう。今の主戦場はそちらだったか……まあ、馬を手に入れることが目的だったわけだから、牧場に向かうことはどちらにしろ間違《まちが》いではなかったのだが。

ともあれ、彼らはその戦場から退避してきたということだろう。しかもただ逃げてきたというわけではなく、何かしらの訳アリの様子で、だ。

その訳の大本と思われる人物――騎士たちに護られている少女へと視線を向ける。深い、海のように青い髪《かみ》。そして、神秘的に煌《きら》めく黄金の瞳《ひとみ》。浮世離《うきよばな》れした印象を抱《いだ》かせる、十五歳《さい》ほどの少女。どこか民族衣装《いしょう》のような、ゆったりとした服を纏《まと》った彼女《かのじょ》は、俺と――そしてルミナを交互《こうご》に眺《なが》めながら、やがてゆっくりと口を開いた。

「異邦人のテイマーの御方《おかた》。どうか、私たちにご協力いただけませんでしょうか」

「……失礼だが、貴方《あなた》は？」

「私は従魔の巫女――そう呼ばれております。個人の名は秘されておりますので、どうか巫女とお呼びください」

「ふむ……では、巫女殿《どの》。悪魔と戦うというのは俺たちの目的にも適《かな》うことであるし、そこに否は無い。貴方は我々に一体何を願うつもりで？」

巫女はゆっくりと頷き、その煌めく瞳で真っ直ぐとこちらを見つめる。

何かを見透《みす》かされているような、そんな感覚を抱きつつも視線を返せば、彼女は僅《わず》かながらに笑みを浮かべつつ続けていた。

「悪魔たちは、我《わ》が国の騎獣《きじゅう》の力を奪《うば》おうとしております。どうか、フェーア牧場を護るために、お力をお貸しください」

「牧場……この先にあるという牧場が狙われていると？」

「はい、そこは騎獣の育成拠点――我が国の要と言っても過言ではありません。断じて、悪魔に渡《わた》すわけにはいかないのです。騎獣の融通《ゆうずう》も致《いた》します。どうか、ご協力をお願いします」

そう告げて、巫女は深々と頭を下げる。騎士たちは何か言いたげな様子ではあったが、藁《わら》にも縋る思いなのだろう、同じように頭を下げていた。

まあ、元より協力するつもりであったのだが――騎獣の融通とはな。それはまた、中々に都合のいい展開だ。

「承知した。全力で取り組ませて貰うとしよう」

その報酬《ほうしゅう》こそ、俺たちが求めていたものだ。俺は笑みと共に、力強く頷いた。

第十八章　従魔牧場

巫女の――と言うよりそれを護衛する騎士の先導に従い、件のフェーア牧場へと向かう。

残りの馬たちはどうするのかと思えば、巫女が一声かけただけで従順に従い、特に縄を繋《つな》ぐ必要も無く付いてきていた。どうやら、これが巫女の能力であるらしい。従魔の巫女の名は伊達《だて》ではないということか。まあ、悪魔《あくま》が乗っていた馬は操《あやつ》れなかったようであるし、何かしら制約はあるのだろうが。

とりあえず、現状と野太刀を売ってほしい旨《むね》をメールでエレノアへと送りつつ、俺たちは揃って彼らの後に続く。

「私――と言うより我々従魔の巫女は、魔物と友誼《ゆうぎ》を結びやすい能力を有しています」

「……《テイム》が成功しやすいということか？」

「そうですね。こういった能力を持つ者は稀《まれ》に生まれるのですが……このベーディンジアでは、騎獣を捕《つか》まえて育てるのに重宝する能力であるため、高い地位を得ています」

やたらと丁重《ていちょう》に扱われていたから貴族か何かかと思っていたが、どうやら能力の方を重視されているようだ。

まあ、個人名を名乗れない時点で中々に面倒《めんどう》そうな立場であることは窺《うかが》える。それに同情しないでもないが――それに関しては、話したところで詮無《せんな》いことだろう。それよりも、今は情報収集を優先するべきだ。

「単純に馬を生み育てているというわけではなく、魔物の馬を捕《とら》えて調教しているということか」

「その通りです。普通《ふつう》の馬よりも高い能力を有していますし、戦いにも慣れていますからね」

確かに、バトルホースは向こうから向かってくるような好戦的な馬だ。大人しい普通の馬と比べて調教が難しそうな印象があるが、それを含めての従魔の巫女ということだろう。その能力を鑑《かんが》みれば、ルミナの奇妙《きみょう》な反応も納得《なっとく》できる。ルミナは、この能力に惹かれて彼女の存在を感知していたのだろう。

「しかし、悪魔たちは地を埋《う》め尽《つ》くすほどの数……野戦では駆逐《くちく》しきれず、押されているのが現状です」

「この地形ならば騎兵は非常に強力だが……数で劣っては消耗《しょうもう》するのも道理か」

いくら優秀《ゆうしゅう》な騎兵が数多く存在しようと、乗っているものが生物である以上は消耗は避けられない。馬も、騎手も、疲弊《ひへい》して崩れればそれまでだ。余裕のある内に撤退《てったい》すれば有利に戦えるかもしれないが、悪魔共が被害《ひがい》を度外視して攻めてくれば結局の所意味はない。

まあ、その辺りは率いている悪魔によってなのだろうが――

「爵位《しゃくい》持ちの悪魔の存在は確認できているのか?」

「……どうなのでしょう?」

「噂《うわさ》程度ですが、悪魔共を指揮している個体が存在したと聞いています。それが爵位持ちである可能性は高いでしょう」

「前線には出てきていないと。それはそれで厄介だな」

自分から前に出てくるような連中であれば各個撃破《げきは》すればいいのだが……陣の奥《おく》でふんぞり返っているタイプでは少々厄介だ。それが男爵《だんしゃく》級ならまだしも、子爵《ししゃく》級となると少々厳しい。フィリムエルはほぼ単体を相手に戦える状況だったからこそ、何とか倒《たお》すことが出来たのだ。他の悪魔と同時に相手にするような余裕はない。状況の把握をしたいところだが――その辺りはアルトリウスに任せるか。とりあえず急いで追ってこいとは言ってあるし、程なくしてグリフォンに挑《いど》み始めることだろう。

そんな会話をしている内に、俺たちの視界には高い塀《へい》に囲まれた街の姿が現れていた。

いや、あれは――

「……まさか、牧場全体を外壁《がいへき》で囲っているのか？」

「ここは我が国にとって要の一つですから、防衛のための設備は一通りは揃っています。それに、育てているのは魔物《まもの》ですからね。幾《いく》ら友誼を結んだと言っても、育て切っていない騎馬たちは危険です」

「物々しい牧場ですね……」

しみじみと呟く緋真《ひさな》の言葉に、巫女は小さく苦笑を零《こぼ》していた。俺《おれ》としても同じ感想だ。リアルで言う牧場のイメージとはかなりかけ離れている。どちらかと言えば、牧場と言うよりは調教所なのだろう。

馬の進むスピードを抑《おさ》えつつ牧場へと近づけば、巫女の姿を確認した門番が門を開く。戦時中ということもあり、その辺りの警備は厳重な様子だ。俺たちだけでは中に入るのに苦労したかもしれないな。

「ようこそ、フェーア牧場へ。ここまで来れば、ひとまず安心です……ありがとうございました」

「あんた方を助けたのは成り行きだ。それに、依頼《いらい》はまだこれからだろう？」

「そうでしたね……とはいえ、今すぐに悪魔の攻勢《こうせい》が始まるというわけではありません。とりあえず、中をご案内します。ここでの戦いの前に、まず報酬を渡した方が良さそうですし」

報酬、と言えば――先程《さきほど》聞いた、騎獣の融通のことだろう。

確かに、《テイム》によって仲間にするのであれば、早めに受け取って時間の許す限り育てておいた方が良い。巫女の言葉を咀嚼《そしゃく》しながら揃って下馬し、連れてきた馬たちを寄ってきた兵士たちに預ける。

外壁の中はあまり街といった風情《ふぜい》ではなく、広い草原がいくつかの柵《さく》によって区切られている様子だ。その中では、多くの人々が馬たちの調教を行っているらしい。

「成程《なるほど》、承知した。是非《ぜひ》騎馬を――いや、そういえば、さっきから騎獣と言っていたな。まさか、騎乗《きじよう》可能なのは馬だけではないのか？」

「ええ、数は少ないですが、馬以外の種も育成していますよ」

「……なら、一つ聞きたい。それ自体が高い戦闘能力を持った――或いは、そういった種に進化する騎獣は何がいる？」

「騎獣そのものの戦闘能力を重視する、ということですか。そうですね……」

俺の言葉に、巫女はしばし黙考《もつこう》する。だが、彼女はその彷徨《さまよ》わせていた視線を、ふと俺と緋真の方へ交互に向け、目を見開いていた。

「あの……お二人とも、何かとても強い魔力《まりよく》を持った品をお持ちでは？　同じような風の魔力を感じます」

「え、風の魔力ですか？　って言うと……」

「俺は魔法《まほう》はあまりよく分からんからな。しかし、品物ってことは何かのアイテムか」

「やっぱり、これですかね？」

言いつつ緋真が取り出したのは、一枚の茶色い羽根――グリフォンの落とした『嵐王《ワイルドハント》の風切羽』だ。見た目は普通の羽根そのものであるのだが、その大きさはかなりのものである。まあ、あのグリフォンの風切羽だと思えば当然なのだが――いや、あの巨体と比較《ひかく》しても、もう少し大きくないか？　テキストでしか確認していなかったから分からなかったが、こいつは一体何の羽根なんだ？

――その疑問の答えは、どうやらこの巫女が持っているようだ。

「嵐王の羽根……！　その系譜《けいふ》にあるグリフォンを倒したのですか！」

「ワイルドハント？」

「伝説に語られる、強大なる魔物です。嵐を操り、亡霊《ぼうれい》を引き連れ、天空を支配する空の覇者《はしゃ》。ドラゴンにも劣らぬ、最上級の魔物であると言われています」

「……あのグリフォンは、それに関係する魔物だったと？」

「ワイルドハントはグリフォンが進化した姿であると語られています。貴方がたが倒したのは、その加護を受けた個体だったのでしょう」

確かに強く厄介《やっかい》な魔物ではあったが、まさかそんな由来があろうとは。伝説の魔物と言われても正直実感が湧《わ》かないが、この大仰《おおぎょう》な反応からしてそれだけの力を持っているということなのだろう。それについては少々驚きではあったが、それが何か関係あるのだろうか？

そんな俺の視線に対し、巫女はしばし黙考した後、薄《うす》く笑《え》みを浮かべて声を上げた。

「貴方がたならば、もしかしたら……ご希望に沿う魔物を紹介《しょうかい》いたします。付いてきてください」

「あ、ああ」

若干緊張《じゃっかんきんちょう》している様子の巫女に違和感《いわかん》を覚えつつも、その後に続いて歩き出す。

牧場の奥へと進んでいけば、ちらほらと建物の姿が目に入る。恐らくは騎獣たちの住まう厩舎《きゅうしゃ》だろう。人間の住む場所には思えない。まるで、街一つが牧場になっているかのような規模だ。このような景色は地球では見られないことだろう。

「あらかじめご説明しておきます。騎獣と契約《けいやく》する方法は主に三つあります。最も多いパターンはこれですね」

歩きながら説明する巫女は、その手に黄色の結晶《けっしょう》を取り出す。その見た目は、俺にも見覚えのあるものだった。

「それは、従魔結晶《じゆうまけっしょう》か？」

「それに近しいものです。これは騎獣《きじゆう》結晶と呼ばれる道具で、騎獣を眠《ねむ》らせて封印《ふういん》することができます」

「機能はほぼ従魔結晶と同じようだが……」

「その通りですね。ただしこれは、《テイム》のスキルを持たない者でも使用できます」

その言葉に、俺は僅かに目を見開く。

従魔結晶は、その名の通りテイムモンスターを封《ふう》じることができる物体だ。いや、テイムモンスターが休眠《きゆうみん》状態になるとあの姿になるということか？

どちらにせよ、《テイム》のスキルが無ければ手にすることはないアイテムである。しかし、この騎獣結晶は違《ちが》うということか。

「魔物を従えるスキルを持たない方には、この騎獣結晶に騎獣を封じる形で購入《こうにゆう》していただきます。これさえあれば、いつでも騎獣を呼び出すことができるのです」

「……成程、私はそっちですね。けど、《テイム》がいらないって言うことは、何か異なる点があるんですよね？」

「はい、このアイテムで騎獣を購入した場合、その騎獣はテイムモンスターのように育成することはできません」

「つまり、純粋《じゅんすい》な意味で騎馬《きば》として使えということか」

単純な移動手段として使うのであれば十分だが、騎獣そのものに戦力を求める俺にとってはあまり望ましくないものだ。とは言え、《テイム》を使えない者向けの方法を提示してきたということは、その逆もあるということだろう。

「では、残りの二つは――」

「お察しの通り、《テイム》と《召喚魔法《しょうかんまほう》》ですね。こちらで契約を結んだ場合には、その騎獣を育成することができます」

「であれば、そちらを選ばん理由は無いな」

俺は《テイム》を使っているし、パーティの枠《わく》にも余りがある。素直《すなお》に《テイム》で仲間に加えることとしよう。巫女は俺の言葉に頷《うなず》き、そして再び前方へと視線を向ける。彼女の視線の先にあるのは――他のものよりも若干大きい厩舎だった。

「《テイム》を用い、ワイルドハントの羽根を持ち、そして騎獣に戦闘能力を求める――貴方の条件に適う魔物は、あそこにいます……」

「また、歯切れが悪いな？　何かあるのか？」

「……ええ、その……あの子は、かなり気位の高い子なのです。そのため、調教師たちの言うこともほとんど聞かず――」

巫女が説明していた、ちょうどその時――突如《とつじょ》として、けたたましい音を立てながら厩舎の扉《とびら》が吹《ふ》き飛んだ。驚いてそちらに視線を向ければ、扉をぶち破ったその姿が目に入る。

――多少の差異こそあれど、それは確かに見覚えのあるものであった。

「ま、待て、大人しく――うわあああああああああっ!?」

「きゃあああああああああ!?」

首に縄をかけて引き留めようとしていた調教師たちが、その縄に引っ張られて吹き飛ばされてゆく。ただの身震《みぶる》いでそれだけの力を発揮したのだから、その身体能力はかなりのものであるだろう。まあ、飛ばされただけで特に怪我《けが》もなさそうであるし、あの魔物も追撃《ついげき》をするような真似《まね》はしていないが――成程、随分《ずいぶん》な暴《あば》れん坊《ぼう》だ。

「……まさか、騎乗可能な魔物だったとはな」

「ええ。ですがあのように、あの種は気位が高く、中々人間の言うことを聞きません。私ならば大人しくさせることは可能ですが、主人と認めてくれているわけではないでしょう」

黒く滑《なめ》らかな毛並みの胴《どう》。白く、大きく広げられた翼。鋭い嘴《くちばし》と大きな瞳――ああ、その姿は強く印象に残っている。あの時見た個体よりは一回り小さいが、その姿に殆《ほとん》ど差異は無い。あの魔物は――

「……マイナーグリフォン。貴方の戦った、グリフォンの下位種です。進化段階では、グリフォンベビーからの二段階目に当たります」

「まさかとは思うが……人を乗せながら飛べるのか？」

「ええ。ただし、あの子たちは己《おのれ》が認めた人間しか背に乗せることはありません……クオン様、あの子を従えられますか？」

「実力を示せ、ということか」

小さく笑みを浮《う》かべながら、前に出る。背の高い柵に手をかけて一息に乗り越え、俺は遮《さえぎ》るものの無い広場でマイナーグリフォンと対峙《たいじ》した。

正面に現れた俺に対し、こいつは警戒心《けいかいしん》を露《あら》わに動きを止める。成程、ルミナの時のように、簡単にこちらのことを気に入ってくれるというわけではなさそうだ。

尤《もっと》も──それ位でなければ面白くない。

「お前の種のことは気に入っている。だが、こちらからも見定めさせて貰うぞ」

「クケェッ!!」

俺の言葉を挑発《ちょうはつ》と受け取ったか、マイナーグリフォンは強く鳴き声を発して威嚇《いかく》する。

だが、その程度で怯《ひる》むはずもない。泰然《たいぜん》と笑みを浮かべた俺に対し、グリフォンはその巨体《きょたい》を震《ふる》わせながらこちらへと飛び掛かってきた。

第十九章　四番目の仲間

「ケェッ！」

「────！」

鋭い声を上げて、マイナーグリフォンが飛び掛かってくる。

あの時のグリフォンには及《およ》ばぬとは言え、その体は十分な巨体を誇《ほこ》っている。あまり強い殺気は放っておらず、こちらを殺す気こそ無いようだが……この巨体から攻撃《こうげき》を浴びれば死にかねない。

無論、俺もそれを黙《だま》って見守るつもりは無い。小さく笑いながら、俺はマイナーグリフォンへと向けて足を踏《ふ》み出した。

打法──流転《るてん》。

「グ……ッ⁉」

マイナーグリフォンの前足を掻《か》い潜《くぐ》って肉薄《にくはく》し、己の背を支点としてマイナーグリフォンの巨体を投げ飛ばす。相手の力を利用すれば、投《な》げ技にそれほど力は必要ではない。相手はただ、己のスピードと体重だけで地面へと叩き付けられるのだ。無論、下手に投げ飛ばすと大怪我《おおけが》に繋がる可能性もあるし、あまり勢いを付けずに背中から落とすに留めたが。

「そら、どうした？　ただ威勢《いせい》がいいだけか？」

「ク……ケアアアアッ！」

俺の挑発を理解しているのだろう、マイナーグリフォンはすぐさま起き上がり、再び俺へと向けて飛び掛かる。だが、攻撃方法が同じであるならば、ただ同じように投げ飛ばしてやるだけだ。

打法——流転。

「グゥ……！」

再び地面に叩き付けられ、マイナーグリフォンは呻《うめ》くような声を上げる。しかし、それでも決して怯むことなく、こいつはすぐさま起き上がってこちらを威嚇してきた。二度同じことを繰《く》り返したためか、安易に飛び掛かるような真似はしてこないようだ。

そしてこいつは一度後方へと跳躍《ちょうやく》して距離を取ると、そのまま勢いよく地を蹴《け》り、俺へと向けて突進《とっしん》を繰り出していた。

「くく、そう来たか」

飛び掛かればまた投げ飛ばされると理解したのだろう。今度は、体そのものを使った体当たりを敢行《かんこう》しようとしているようだ。確かにこの場合、相手の体重と勢いを利用する流転は使用できない。だがしかし、それが命中するかどうかはまた別の問題だ。

勢いよく突進してきたマイナーグリフォンに対し、俺はタイミングよくその頭に手を付いて、その頭上を跳び越《こ》える。いくらなんでもその体重を受け止めるのは無理であるが、受け流すぐらいならばどうということはない。

だが、マイナーグリフォンもこれならば投げ飛ばされないと理解したのだろう、旋回《せんかい》するように駆《か》けて再びこちらへと突進してくる。

「だが甘《あま》い甘い！」

同じ動きをするのであれば、それにタイミングを合わせることなど容易《たやす》い。

再び突《つ》っ込《こ》んできたマイナーグリフォンに対し、俺は再び同じように跳躍し──その頭を鷲掴《わしづか》みにしながら、相手の背へと蹴りを落とした。

「グ、ケエッ⁉」

その衝撃にバランスを崩《くず》し、マイナーグリフォンの巨体がふらつく。地を駆けるスピードが落ちたことを確認した俺は、着地と同時に地を蹴り、体勢を立て直そうとするマイナーグリフォンへと肉薄した。ふらつきながらもこちらの動きは察知していたのか、こちらを弾《はじ》き飛ばそうとするかのように前足の薙《な》ぎ払《はら》いが迫る。だが、その動きはとっくに読んでいた。それを掻い潜った俺はマイナーグリフォンへと密着し——

打法——破山。

肩から伝えた衝撃によって、その巨体を弾き飛ばした。衝撃を留めるようにしていれば深いダメージを与《あた》えることになっただろうが、これならば致命的《ちめいてき》なダメージにはなるまい。

弾き飛ばされたマイナーグリフォンは地面を転がり——それでも、倒れたままを良しとはせず、地を踏みしめて立ち上がっていた。

「グルルルルル……！」

「いい気迫《きはく》だ。それに……」

グリフォンの系譜ということは、恐らく風の魔法も扱《あつか》えるのだろう。それを使ってこないのは、俺が武器を抜《ぬ》いていないからか。矜持《きょうじ》を持っている奴《やつ》は嫌《きら》いではない。気位が高いという巫女《みこ》の評も、これならば納得できるというものだ。ならば——

「敬意を表しよう、マイナーグリフォン。そして——耐《た》えてみせろ」

告げて——俺は、目の前の相手に対し、本気の殺意を叩きつけた。

鬼哭程《きこくほど》ではないが、それに準ずる圧力のある殺気だ。その圧力に、視界の端《はし》に緋真《ひさな》たちが身構える姿が映る。巫女たちに至っては、血の気の失《う》せた表情で硬直《こうちょく》していた。

そして、殺気の全てを叩きつけられているマイナーグリフォンは——

（ほう……？）

後ずさりするように身じろぎして、けれどそれ以上下がることはなく、じっとこちらを睨《にら》みつけてきた。敵意や殺意ではない。それは、言うなれば決死の意志だ。死を覚悟《かくご》して、せめて一矢《いっし》報《むく》いようとする決意の姿勢。たとえ諦《あきら》めたとしても、全てを諦めることなく前へと進めるその覚悟に、俺は殺気を霧散《むさん》させながら笑い声を上げていた。

「くく、はははははははははは！　いいな、気に入った！　お前は実にいいぞ、マイナーグリフォン！」

「……クルゥ」

「警戒《けいかい》するな、元より殺すつもりなどない。お前がどのような魔物なのか、確かめたかっただけだ」

突然《とつぜん》殺気を消した俺に困惑《こんわく》したのだろう、マイナーグリフォンは警戒しながらも攻撃態勢を解く。だが、その姿には既《すで》に先ほどまでのような敵意は存在していなかった。こちらには敵《かな》わぬと理解したのだろう。下手に攻撃して敵対するよりは、様子を見ることを選択《せんたく》したようだ。

とりあえずは落ち着いた様子のマイナーグリフォンに満足し、俺は手を差し伸《の》べた。

「俺と共に来い、マイナーグリフォン。お前の力を俺に貸せ。その代わり――お前を強くしてやろう」

命じるように、そう告げる。これは獣《けもの》の流儀《りゅうぎ》だ。こちらが上であることを示し、恭順《きょうじゅん》するように命じる。そんな俺の言葉に対し、マイナーグリフォンはしばし瞑目《めいもく》して動きを止め、それからゆっくりとこちらに近づいてきた。

そしてマイナーグリフォンは、俺の目の前でゆっくりと体を伏《ふ》せ、俺にその首を預けていた。どうやら、俺に命を預ける決心がついたようだ。

「いい子だ……《テイム》！」

「ケェッ！」

『《マイナーグリフォン》のテイムに成功しました。テイムモンスターに名前を付けてください』

俺のスキルを受け入れたマイナーグリフォンが、正式に俺のテイムモンスターとして登録される。そのステータスを開き、俺は先ほどから考えていた名をこいつに与えた。

以前に戦ったグリフォン、あれが空を舞《ま》う姿は、まるで風のようだった。こいつも同じように、俺を乗せて蒼《あお》い空を駆け抜けてほしい——その願いを込めて、俺はこの名を贈る。

「よろしく頼《たの》む、晴嵐《セイラン》。お前の働きに期待しているぞ」

「ケエエエッ！」

■モンスター名：セイラン

■性別：オス

■種族：マイナーグリフォン

■レベル：10

■ステータス（残りステータスポイント：0）

STR：27

VIT：22

INT：25

MND：17

AGI：25

DEX：14

■スキル

ウェポンスキル：なし

マジックスキル：《風魔法《かぜまほう》》

スキル：《風属性強化》

《飛行》

《騎乗》

《物理抵抗《ていこう》：中》

《痛撃《つうげき》》

《威圧《いあつ》》

《騎乗者強化》

《空歩》

《ターゲットロック》

称号《しょうごう》スキル：なし

どうやら、最初からそこそこレベルは高いらしい。今は二番目の進化段階ということだから、16までレベルを上げれば次の進化が可能だろう。とりあえず、俺たちよりも総合レベルはだいぶ低いことになるが、進化まで届けば戦力としては十分だろう。

どのように育てたものかと黙考しつつ、俺はセイランを引き連れて巫女たちの方へと戻《もど》る。彼女は、若干《じやつかん》引きつった表情のまま俺たちを迎《むか》えていた。

「お、お疲《つか》れ様《さま》でした……まさか、こうもあっさり手懐《てなず》けてしまうとは」

「気位が高いという話だったからな。こちらが上であると示してやれば、逆にやり易《やす》かったさ」

こういうタイプの場合、対等の立場で接するのはむしろマイナスだ。セイランの場合は、自分よりも強い相手でなければ従おうとは思わないだろう。

俺の場合は武器を使うことなく圧倒《あつとう》してみせたわけだし、あの殺気を浴びせたのもある。セイランからすれば、俺は圧倒的な怪物《かいぶつ》に見えていたかもしれない。

「ともあれ……こいつは貰《もら》ってしまって構わんのだな？」

「はい、勿論《もちろん》です。当然鞍《くら》もお付けしますよ」

「ああ、頼みたい。セイラン、鞍を付けるって話だから、しばらく大人しくしておけよ」

「クェ」

俺の指示に対し、セイランは素直に頷いてみせる。今のこいつは、俺の言葉であれば聞いてくれる様子だ。後は仲間たちの言葉も聞いてくれるとありがたいのだが……それはまあ、今後に期待といったところか。

先ほど吹き飛ばされていた調教師たちがグリフォン用の鞍を持ってくるのを横目で確認《かくにん》しながら、俺は悩《なや》んでいる様子の緋真へと声を掛ける。

「それで、お前はどうするんだ？」

「いや、まさか先生が空を飛べるタイプの騎獣を選ぶとは思っていなかったので……巫女様、私も飛べる騎獣をお願いしてもよろしいでしょうか？」

「そうですね……飛べる騎獣は主に三種、ペガサス、グリフォン、ワイバーンになります。グリフォン系とワイバーン系については今のように、手懐けるのにかなり苦労することになるでしょう」

「じゃあ、ペガサスは？」

「ペガサスは温厚《おんこう》で扱いも比較的《ひかくてき》楽ですが、人気があるためかなり品薄《しなうす》です。殆どは国の天馬騎士団《きしだん》に卸《おろ》していますし……値段についてもかなり高額であるため、流石《さすが》にペガサスを無料で提供するのは我々としても……」

どうやら、セイランは扱いづらいから人気が無かったらしい。まあ、実力を認めなければ襲《おそ》い掛かってくるような魔物なのだから、それも仕方ないだろうが。しかし、緋真としてもこのままでは困るだろう。

「うーん、流石にワイバーンだと大きすぎて刀で戦うのは難しそうだし……あ、グリフォンって二人乗りできます？」

「ええ、可能ですが……マイナーグリフォンの内はまだ難しいかもしれませんが、グリフォンに進化すれば二人程度なら問題ないかと」

「お前な、二人乗りするつもりか？」

「いいじゃないですか、私なら邪魔《じゃま》にならないでしょう？」

確かに、緋真ならば俺に合わせることは難しくないだろうが……流石に、それをいつまでも許容するのもどうかという話だ。それに、折角《せっかく》の騎獣融通《きじゅうゆうずう》の話。それを簡単に済ませてしまうのも勿体《もったい》ないだろう。であれば――

「巫女殿。ペガサスを一頭、予約するということは可能だろうか？　その際《さい》に、割引で売って貰いたいのだが」

「割引、ですか……」

「ああ。その代わり今回は、緋真の分は通常の料金で購入するということにしたい」

「それなら、私は今回はバトルホースを通常の値段で買うということで」

「ふむ……では、これでどうでしょうか」

そう口にすると、巫女は懐《ふところ》から取り出した紙に、何やらさらさらと書《か》き込んでゆく。そこに記載《きさい》されていたのは——どうやら、紹介状《しょうかいじょう》であるらしい。

「私の名と印で、紹介状を書きます。これで、ペガサスを一頭予約ということで。金額は半額にさせていただきます」

「半額か……ん？　いや、まさか……この値段で半額なのか？」

「ええ……ペガサスの育成には時間と人が必要になりますので」

提示された金額は、何と三百万。通常購入だと六百万もするということか。

まあ、進化段階からして三段階目以上——つまり、今のルミナと同格の魔物ということになる。しかも、飛行訓練なども行うのであろうし、それに掛ける人員や時間は馬鹿にならないだろう。流石にこの値段をタダで譲れというのは無茶《むちゃ》な話か。

「……どうする、緋真」

「結構しますね……んー、でも何とか大丈夫《だいじょうぶ》です。巫女様、これでお願いします」

「分かりました。ある程度時間は必要ですが、しばらくしたらこの牧場をお訪ねください……まあ、まずは悪魔を退けなければなりませんが」

「悪魔の相手なら、空を飛べなくても十分ですよ。バトルホースの方もお願いしますね」

「ええ、勿論です。準備いたしますよ」

色々と手間はかかったが、これで問題は無いようだ。

ペガサスの購入のためにも、まずは悪魔による攻撃を退けなければなるまい。尤も、今すぐに来るという話でもないようだが……アルトリウスたちが到着《とうちゃく》するまでの時間的余裕《よゆう》は欲《ほ》しいところだ。それまでに、まずは騎乗戦闘《きじょうせんとう》を慣らしておくこととしよう。

ちなみにであるが、バトルホースの値段は二十万だった。その辺ですぐに手に入る馬と、育成の手間が桁違《けたちが》いのペガサスでは、それだけの差があるということなのだろう。

その値段の差に思わず頬《ほお》を引き攣《つ》らせつつも、俺たちは騎獣《きじゅう》の購入を完了《かんりょう》させたのだった。

第二十章　セイランの実戦

要求した通りに騎獣を手に入れた俺と緋真《ひさな》は、早速《さっそく》牧場の外へと足を踏み出していた。

ちなみにであるが、ルミナは騎獣を購入していない。と言うより、テイムモンスターは騎獣結晶を扱えないため、購入してもどうしようもないのだ。

まあ、下手に馬に乗るよりは自分で飛んだ方が速いだろうから、特に問題は無いだろう。

「緋真、状況《じようきよう》についてあいつらに送ったか？」

「騎獣の購入金額も含《ふく》めて伝えましたよ。何か、『キャメロット』は新しい部隊ができそうな勢いらしいです」

「騎兵《きへい》部隊でも作る気か？」

「あそこ、騎士《きし》のロールプレイしてる人も多いですからねぇ」

以前に緋真から聞いていたが、『キャメロット』には役割を演じることを楽しむプレイヤーが多いらしい。確かに、元からアルトリウスを信奉《しんぽう》している連中が多い印象ではあるが、そのロールプレイヤーとやらはアルトリウスを主君として仕える役割を楽しんでいるそうだ。これはゲームであるし、楽しみ方は人それぞれだろう。アルトリウスが相手であれば主従というのも中々様になるだろうしな。

ともあれ——アルトリウスに仕えるという演じ方をする以上、その連中はほぼ確実にアイツに仕える騎士という役割を演じることになる。騎士としての立ち居振《ふ》る舞いを演じる以上、やはり馬は必要であるということだろう。

「今、急いでグリフォンの攻略《こうりゃく》をやってるらしいです。一応攻略情報も伝えておきました」

「俺たちの攻略方法はあまり当てにならんだろうけどな」

「私が飛んでいましたからね」

ルミナの言葉に同意しつつ、俺は苦笑《くしょう》を零す。

俺たちがグリフォンをスムーズに倒せたのは、何よりもルミナの存在が大きい。こいつが敵を引き付けていたからこそ、楽に戦うことができたのだ。現状、空を飛べるものがテイムモンスターと召喚獣《しょうかんじゅう》のみである以上、あまり採用しやすい戦法ではないだろう。

「まあ、あの連中なら何とかするだろう。それより、まずは慣らしていくぞ」

「私の方は普通《ふつう》に馬ですけど、セイランはもう乗り心地《ごこち》からして違いそうですね」

「空を飛ぶ前に、少しは慣れておかんとな……」

いくら何でも、空を飛ぶ獣に乗って戦うのは初めての経験だ。これについては、流石に馬上戦闘《せんとう》の心得だけで何とかなるようなものではないだろう。

パラシュートでの空挺降下《くうてい》よりよほどスリルがありそうだ。

「とりあえず、まずは地上からだ。頼むぞ、セイラン」

「クェ」

短く鳴いて首肯《しゅこう》したセイランは、俺の隣《となり》に立って動きを停止させる。

どうやら、身を屈《かが》めるつもりは無いようだが――それでいい、まだ俺を見定めているのであれば、俺の在り方を存分に見せつけてやるだけだ。

口元を笑みに歪《ゆが》めつつ、俺は鐙《あぶみ》に足を掛けてひらりとその背に跳《と》び乗った。鞍の感触《かんしょく》は、俺の知るものに近いが……少々、馬よりは胴が太いだろうか。これは感覚の調整に少々手間取りそうではあるが、そこは慣れか。

「よし、行くぞ緋真。とりあえず北だ」

「敵情視察ですか?」

「まあな。と言っても、まだ例の要塞《ようさい》都市とやらに近づくつもりは無いが」

足で合図を送り、セイランを進ませる。

馬と体の造りが違うため、乗り辛《づら》いのではないかと危惧《きぐ》していたが、意外にもその動きは安定している。翼《つばさ》についても折りたたんでいるうちは邪魔にはならなそうだ。

まあ、足が翼に包《くる》まれているため少々こそばゆいが、動かす分にはあまり邪魔はされていない。どうやら、翼そのものの力はそれほど強くはないようだ。

「先生、どうですか？」

「思ったよりはやり易そうだな。少し勝手は違うが、これなら許容範囲内《はんいない》だ」

「へぇ、馬とは全く違うから大変かと思いましたけど……」

「そうでもないな。そっちの方はどうなんだ？」

「私はさっきここに来た時の馬とそれほど変わらないですよ」

緋真が乗っているのは、赤毛に白い鬣《たてがみ》の馬だ。

こちらはバトルホースであるため、俺たちが牧場まで乗ってきた種と変わらない。緋真はあの時も十分乗りこなせていたし、その馬を扱ううえではそれほど苦労はしないだろう。

「けど、やっぱり打刀だと馬の上じゃ厳しいですね。擦《す》れ違い様に斬《き》るぐらいしかできないですよ」

「確かにな。まあ、お前には魔法があるだけまだマシだが……そっちも野太刀《のだち》を買うか？」

「ゲーム内の筋力なら何とかなりそうですけど、あんまり振ったことはないですからねぇ」

一応、緋真には一通りの武器を扱わせたことはあるし、基本程度は押さえている。だが、こいつが得意とするのは比較的軽量の刀だ。その対極にある野太刀を扱うのは中々難しいだろう。

まあ、打刀でも戦えないことは無いだろうし、魔法を使う分には問題ない筈《はず》だ。どのような戦術で戦うかは、何度か試《ため》していくうちに見出《みいだ》すしかない。

「お父様、向こう側から敵が近づいてきます」

「む……バトルホースか。練習相手にはちょうどいいかもな。とりあえず、思うように戦ってみろ、緋真」

「了解《りょうかい》です。先生も慣れてないんだから、あんまり無茶しないでくださいよ」

「俺はやれることしかやらんさ」

尤も、やれることは最大限やるわけだがな。

戦術を頭の中で構築しながら、足で合図を送ってセイランを走らせる。視界には、既にこちらへと走ってきているバトルホース五体の姿が映っていた。

さて、やれることは色々とあるが——

「牽制《けんせい》しろ、セイラン」

「ケェッ！」

俺の言葉に従うように、セイランの周囲で風が渦《うず》を巻く。先ほどは見られなかった風の魔法《まほう》は、果たしてどれほどの威力《いりょく》があるのやら。期待を込めた俺の視界の中で、うねる風は刃《やいば》となってバトルホースへと襲い掛かっていた。

狙《ねら》った先は足。どうやら、自分自身にとっても弱点となる位置はこいつも理解しているらしい。セイランの放った風の刃は、それほどの威力は無かったようだが、それでも馬どもの足に傷を付けるには十分だった。

「擦れ違え」

「――――ッ！」

風を纏《まと》い、セイランが突撃《とつげき》する。どうやら、この状態になると普段《ふだん》よりも速く走れるらしい。あのボスのグリフォンも同じようなことをやっていたのだろうか。

この能力の使い道も考えつつ、俺は《生命の剣《つるぎ》》を発動した。

「しッ！」

馬上においては、刃を振るう必要はない。ただ腕《うで》を固定し、その速力を利用して敵を撫《な》で斬《ぎ》りにすればいいのだ。

というより、変に刃を振るおうとすると、その衝撃《しょうげき》で手放してしまいかねない。両手を使えればもう少し安定するのだが、流石に慣れないグリフォンの上ではそれも難しい。とりあえず、今は固定した刃で斬り裂《さ》いていく戦法が安定だ。

セイランの突撃と共に、バランスを崩していた馬の首を斬り裂く。己の手で振るったわけではないため断《た》ち切ることはできなかったが、それでも命を奪《うば》うには十分だったようだ。

「クェアアアッ！」

そして次の瞬間《しゅんかん》、セイランが纏っていた風を爆裂《ばくれつ》させる。それはまさに衝撃波《しょうげきは》とも言うべき突風《とっぷう》となって、周囲にいた馬たちを弾き飛ばしていた。

これはまた、便利な技が使えるものだな――！

「潰《つぶ》せ、セイラン！」

「ケェエエエ！」

俺の号令に従い、セイランはその場から跳躍する。狙う先は、セイランの突風によって転倒《てんとう》していた馬の頭上だ。飛び上がったセイランは僅《わず》かに翼を羽ばたかせつつ、倒《たお》れた馬へと向けてその前足を振り下ろしていた。

強い衝撃に、バトルホースの胴は地面と共に砕《くだ》け散る。俺はセイランの背から投げ出されぬよう手綱《たづな》を掴《つか》み、足で体を固定しながら、思わず口元を笑《え》みに歪めた。

「ははははっ！　本当に暴れん坊だな、お前は！」

「クァア！」

激しく揺《ゆ》らされながらも体勢を立て直し、セイランは再び地を踏みしめて走り出す。体重は馬と変わらぬというのに、この身軽さだ。翼と、そして風の魔法。それがこの軽量感を生み出しているのだろう。振り回されているこちらはかなり大変だが——それでこそ、乗りこなし甲斐《がい》があるというものだ。

再び周囲に風を纏いながら走り始めたセイランは、旋回する軌道《きどう》を描《えが》きながら起き上がろうとする馬へと突撃する。相手の体勢が低い状態では俺の攻撃は届かない。ここは、セイランに任せておくべきだろう。こいつの攻撃手段を知っておいて損はない。

「ケェァッ！」

甲高《かんだか》い叫《さけ》び声を上げながら、セイランは振りかぶった前足を立ち上がろうとする馬の頭部へと叩《たた》き付ける。振り下ろされたセイランの前足は、上からはほとんど見えないが、僅かに揺らめいて見えたように思える。

あれは恐《おそ》らく、風を纏っていたのだろう。事実、そのインパクトの瞬間、下から吹き上がった風によって俺の髪《かみ》と服は舞い上げられていた。どうやら、攻撃の瞬間に風を発することで威力を増幅《ぞうふく》することができるようだ。

「器用だな……まあいい、次はあっちだ！」

「クェ」

短く首肯したセイランは、俺が切っ先で示した方向へと走り出す。体重で方向を示さずとも、言葉もきちんと通じる。これは実にありがたいことだ。つまりセイランは、俺が乗っていなかったとしてもある程度操《あやつ》ることができるのである。

これはかなり大きい要素だ。俺はどちらかと言えば地上で戦うことの方が多いだろうし、その際にセイランが上手《うま》く動けないのはマイナスにしかならない。だが、こいつは自分で考えながら動けるうえに、言葉での指示にも従ってくれるのだ。

(とは言え、これは俺が振り落とされないようにせにゃならんな……!)

風の展開が終わった瞬間、唐突《とうとつ》に加速するセイランから振り落とされぬよう体を屈めつつ、俺は口元を歪める。これほどの暴れ馬を乗りこなした経験はない。多少乗馬の経験がある程度では、あっという間に振り落とされているだろう。こいつ自身、俺が振り落とされないことを期待してやっている節もあるようだが。

――ならば、その期待に応えてやるとしよう。

「好きにやれ、セイラン。お前の力を見せてみろ、フォローしてやる!」

「ッ、クァアアアアアアアッ!」

俺の言葉を受け、セイランの纏う風量が増す。それはまるで、竜巻《たつまき》を纏いながら突撃していくかのよう。その姿を見て、馬上から魔法を飛ばしていた緋真は慌《あわ》ててその場から退《たい》避《ひ》していた。これで突撃槍《ランス》でもあれば様になったのだろうが、贅沢《ぜいたく》は言うまい。

「おおおおおおおおおッ!」

セイランが繰り出したのは、一切《いっさい》の躊躇《ちゅうちょ》の無い突進だ。地面すら抉《えぐ》りながら突き進んだその一撃《いちげき》は、暴風によって上手く動けずにいる最後のバトルホースへと直撃《ちょくげき》し——その身を斬り刻みながら、遥《はる》か彼方《かなた》へと吹《ふ》き飛ばしていた。

その状態を確認することはできなかったが、あの様子では生きてはいまい。全ての敵を駆逐《くちく》し、纏う風を霧散させ、セイランは威勢よく雄叫《おたけ》びを上げる。

「ケエエエエエ——————ッ！」

『《収奪《しゅうだつ》の剣》のスキルレベルが上昇《じょうしょう》しました』

『《テイム》のスキルレベルが上昇しました』

『《魔力操作《まりょくそうさ》》のスキルレベルが上昇しました』

さて、ある程度セイランの戦い方を知ることはできた。類稀《たぐいまれ》な身体能力と、強力な風の魔法。かなりスピードと攻撃力《こうげきりょく》に特化した能力を持っている。

だが——

「……お前、また随分《ずいぶん》派手に使ったな」

「クェ」

今の戦闘だけで、セイランのＭＰはほぼ大半を使いきった状態となってしまっていた。戦闘スタイルを知るために、派手に使わせていたことは事実ではあるが——これは少々使

い過ぎだ。この調子では、戦闘継続《せんとうけいぞく》能力は決して高いとは言えないだろう。

「とりあえず、これを飲んどけ。まだまだお前には働いてもらうぞ」

「クゥ……」

インベントリから取り出したMPポーションを飲ませつつ、セイランの扱い方を考察する。とりあえず、全力戦闘以外ではこの出力は出させないようにしなければなるまい。毎回MPの回復をさせていては、流石にポーションが勿体ない。

「次からは俺も攻撃を増やす。あんまりやり過ぎるなよ」

「クェ！」

「……気を付けてくださいよホント。今巻《ま》き込まれかけたんですから」

全力で退避したのだろう、馬を進ませながら抗議《こうぎ》する緋真に苦笑する。

上空のルミナも、ゆっくりとこちらへと戻ってきているところだった。

「次はセーブさせるさ。ほら、次に行くぞ」

「はーい……」

苦笑しながら、再び北上を開始する。さっさとセイランのレベルを上げつつ、悪魔《あくま》共の様子を確かめてみるとしよう。

第二十一章 騎獣による飛行

『レベルが上昇しました。ステータスポイントを割《わ》り振ってください』
『《刀術》のスキルレベルが上昇しました』
『《MP自動回復》のスキルレベルが上昇しました』
『《生命の剣》のスキルレベルが上昇しました』
『《斬魔《ざんま》の剣》のスキルレベルが上昇しました』
『《テイム》のスキルレベルが上昇しました』
『《HP自動回復》のスキルレベルが上昇しました』
『《生命力操作》のスキルレベルが上昇しました』
『《魔力操作》のスキルレベルが上昇しました』
『テイムモンスター《ルミナ》のレベルが上昇しました』
『テイムモンスター《セイラン》のレベルが上昇しました』
そこそこ大きな群れを成していたバトルホースと、それに混ざっていた魔法を撃ってくるトムソンガゼルのような魔物《まもの》を蹴散《けち》らし、一息吐《つ》く。

セイランに節約させながら戦うと、そこそこ時間がかかってしまうようだ。まあ、ある程度MPの使用頻度《ひんど》を減らしさえすれば、MPはゆっくりと回復していくのでなんとかなるが。

ルミナの時は《MP自動回復》系のスキルを持っていたから回復が速かったが、セイランはそうもいかない。ペースはきちんと掴《つか》んでいかなければならないだろう。

「今のはいい感じでしたね。私もやっぱり長い刀を買いますかねぇ」

「ふむ……確かにこのゲームの中なら、ステータスさえ足りていれば何とかなるかもしれんがな」

「ですよね？　私もフィノに依頼《いらい》しておきます」

このゲーム内においては、筋力――STRのステータスが足りていれば、装備は適度な重さとして感じるようになっているらしい。つまり、ステータスさえ足りているのならば、扱ううえではそれほど困らないのだ。

まあ、緋真《ひさな》自身が野太刀の扱いをあまり習熟していないのが問題であるが、あまり振り回すものでもないし、少し扱っていけば慣れるだろう。

「よし、そろそろ慣れてきたし、飛んでみるか」

「え、もう飛ぶんですか？」

「地上での戦いは感覚を掴めたからな。だが、空での戦闘となると、流石に初めての経験だ。時間は多めに取っておいた方が良い」

「んー、分かりましたけど、安全運転してくださいよ？　私も一緒《いっしょ》に乗るんですから」

「何、いざとなったらルミナが掴んで不時着させるだろう」

「怖《こわ》いんですけど!?」

緋真が抗議の声を上げるが、初めての経験である以上、何も保証することはできない。ルミナが命綱《いのちづな》になるだけまだマシというものだろう。

一応、空を飛ぶ騎獣用ということで体を固定するための金具が備え付けられているのだが、流石にこれだけで安心と言い切れるほど気楽ではない。事故が起こる可能性も考慮《こうりよ》しなければならないのだ。

「言ってても始まらんぞ。ほら、さっさと来い」

「はい……」

「大丈夫です、緋真姉様。私がちゃんと受け止めますから！」

「お願いね、ルミナちゃん」

笑顔《えがお》のルミナに背中を押《お》され、緋真は馬から降りて騎獣結晶《きじゆうけつしよう》へと戻す。そのまま遠慮《えんりよ》がちに近づいてきた緋真の手を掴み、鞍の上まで引っ張り上げれば、緋真は俺の胸に背を預ける形で収まった。

「こっちですか？　後ろにいた方が体を固定しやすそうですけど」

「羽織が邪魔になるだろう？　それに、後ろじゃ景色が見えんだろうに」

「……分かりましたけど、ちゃんと押さえててくださいよ？」

「ああ、分かってるよ」

くつくつと笑いながら、緋真の腰《こし》に固定具を装着する。一応、セイランも緋真の実力はこれまでの戦闘で理解しているらしく、こいつを乗せることに抵抗はないらしい。

まあ、大人しく飛んでくれるかどうかは別問題だが――

「行くぞ、セイラン」

「クァアッ！」

声を掛《か》けると同時、セイランは風を纏いながら地を駆《か》け出す。先ほどまでと異なる点は、両の翼が大きく開かれている点だ。翼を広げたまま駆け出したセイランは、その翼を揺らし――強く地を蹴《け》ると共に、それを大きく羽ばたかせていた。

瞬間、体にかかるGに息が詰《つ》まり、次の瞬間には全身を包む浮《ふ》遊感《ゆうかん》に口角が歪む。

「ひゃっ」

「っ……流石に、体を晒《さら》したままってのは初めてだな」

大きく羽ばたいたセイランは、そのまま青い空へと向けて上昇を開始する。

飛行機などでも感じる浮遊感だが、やはり何度経験しても、この内臓がひっくり返るような感覚は慣れないものだ。

しかし、地面から飛び立ったにもかかわらず、あまり強い風は感じない。どうやら、周囲を覆《おお》うセイランの魔法が風圧を抑えてくれているようだ。それでも多少は吹き付けてくる風に目を細めながら、遠ざかる地面を横目に空へと駆け上がる。

「っ……これ、結構怖いですね」

「だが、いい眺《なが》めだろう？」

「は、ははは、それは確かに！」

多少声が引《ひ》き攣ってはいるが、どうやら緋真もこの景色には興奮しているようだ。

一面に広がる草原、遠景に広がる山々。遮《さえぎ》るもの無く見渡《みわた》せるこの光景は、現実世界では決して目にすることのできないものだ。

「凄《すご》いですね……ここ、地形が平原ですから、余計に広く見渡せますよ」

「確かにな。こりゃ絶景だ」

これを目にしただけでも、空を飛んだ価値はあったというものだろう。しかし、本来の目的はそこではない。まずは、セイランに乗っての飛行の感覚を掴まなければ。

「よし、とりあえず試しだ。セイラン、この辺りを旋回《せんかい》するように飛べ」

「クェエ」

俺の言葉に頷《うなず》き、セイランは強く翼を羽ばたかせる。体を少し斜《なな》めに傾《かたむ》かせたため少しヒヤリとしたが、この程度ならば十分体を支えられるレベルだ。

どうやら、セイランは翼を羽ばたかせるだけではなく、風の魔法を利用して揚力《ようりょく》を得ているようだ。これは魔法の世界ならではの飛び方ということか。

「お、おお……意外と揺れないですね」

「地面が無い分、振動《しんどう》は少ないだろうな。地面を走るよりもあまり疲れなさそうだ」

乗馬の疲労《ひろう》する点は、地面や走行の振動を吸収するために体幹と筋力が必要になるところだ。飛行している間はその必要が少ないため、地面を走るよりは疲れずに済むかもしれない。尤《もっと》も、体を支える必要はあるため、そこには力がいるだろうが。

「セイラン、少しスピードを上げてみろ」

「クァア！」

「ちょっ、いきなり――ひゃあ!?」

空気を打つ音が響《ひび》き、セイランは加速する。

後ろに持っていかれそうになる体を背筋で押さえながら、俺はそのスピードの感覚を確かめた。やはり振動は少なく、ギャロップしている時よりは楽な印象だ。

「ふむ……思ったよりも負担は少ないな」

「いきなり加速するのは心臓に悪いからやめてくださいよ……」

「戦闘になったらそうも言ってられんぞ？　いや、俺も余裕があるかどうかは分からんが」

流石に、飛行しながらの戦闘など俺にとっても未知の領域だ。それが高速でともなれば、楽観視などできるはずもない。

いくら何でも、この高さから投げ出されれば、受け身を取ったとしてもどうしようもない。俺とて緊張《きんちょう》せざるを得ない状況だ。

「よし、一度その場で留《とど》まってみてくれ……できるか？」

「クァ」

俺の言葉に頷き、セイランは飛行スピードを落とす。若干体を起こしながらブレーキをかけ、体勢を緋真と共に維持《いじ》しながら重力に耐《た》える。

流石に、あそこまで体を起こされるのは中々厳しいものがある。空中での急ブレーキには気を付けた方が良いだろう――いや、それは地上でも同じであるが。

「その場でのホバリングもできるんですね」

「だな。これができるかどうかでかなり変わってくるぞ」

飛行機はその場での滞空《たいくう》はできない。それが可能な航空機はヘリコプターやティルトローターなど一部だけだ。セイランの場合はそれよりも更《さら》に小回りが利《き》くし、加速と減速もやり易い。

これは思った以上に便利な移動手段になるかもしれないな。

「ルミナ、お前はどうだ？　セイランの動きに合わせられそうか？」

「はい、私の方が小さい挙動は得意ですので、お父様のフォローができます」

「確かに、お前の飛行はかなり身軽だな」

ルミナは体重の軽さもあるが、その《光翼》によって高い機動性を維持している。

多少小回りが利くと言っても、セイランのそれは瞬時《しゅんじ》に方向転換《てんかん》ができるほどの物ではない。ルミナの方が細かな挙動が可能であることは事実だろう。そういう意味で、ルミナには空中でのフォローをしてもらうのは有効な筈だ。

「頼《たの》むぞ、ルミナ。さすがに、空中ではなかなか自由が利かんからな」

「はい、お任せください！」

嬉《うれ》しそうに頷くルミナの様子に苦笑しつつ、俺は再びセイランに合図を送る。反応したセイランは空を打ち、前方へと向けて飛翔《ひしょう》を開始した。今度は高速ではなく、普通に馬が走る程度の速度だ。

空中においては割とゆっくり進んでいるようにも感じるが、そのスピードは結構なものである。

「問題は、この状態でどうやって戦闘をするかだな」

「空中でも敵は出ますよねぇ……どうするんです？　今は一回降りておきますか？」

「いや、一度試してみてからでいいだろう。確かに現状では少々心もとないかもしれないが、何が足りないかを洗い出しておくに越《こ》したことはない」

確かに、緋真がペガサスを手に入れてからの方が安定するのかもしれないが、それまで飛行という手段を封《ふう》じてしまうのも勿体ない。確かにリスクはあるが、これは非常に有効な手段だ。これから敵の偵察《ていさつ》を行うのにも、飛行による移動を有効活用していきたい。

そう告げた俺の言葉に、緋真は小さく嘆息《たんそく》しつつ、その後頭部を俺の胸に預けながら返していた。

「分かりましたよ、もう。けど、この状態だと私は魔法での援護《えんご》ぐらいしかできませんからね？」

「分かってるさ。その代わり、その仕事はきっちり果たせよ」

「了解です」

まあ、俺の腕の中からでは、刀を振るうことも無理だろうからな。魔法についても、あまり手元から発射するタイプは使ってほしくないところだ。

それを含めて、少々難しい戦闘になるだろうが——挑戦《ちょうせん》するしかあるまい。

「そら、向こうから見えてきたぞ」

「あれって……まさかセイランと同じ？」

「ああ、マイナーグリフォンだろうな」

遠くからこちらに近づいてきているのは、紛《まぎ》れも無くセイランと同じ姿をした魔物たちだ。マイナーグリフォンが三体、どうやら飛行しているとあいつらが襲《おそ》ってくるらしい。

今の状態であの時戦ったボスのグリフォンに勝てるかと問われると、正直少々厳しいと言わざるを得ないが——マイナーグリフォンならば、もうある程度の能力は理解している。

「やるぞ。同種には負けるなよ、セイラン」

「ケェェェエエエエエッ！」

気炎《きえん》を上げ、セイランは吠《ほ》える。しかし、対するマイナーグリフォンたちもまた、それに怯《ひる》むことなくこちらに向かってきた。

能力のみを見れば、恐らく連中とは互角《ごかく》だろう。機動性は、俺と緋真を乗せていることもあり、こちらが劣《おと》っていると思われる。だが、その分攻撃《こうげき》の手数はこちらの方が上だ。

やってやれないことは無いだろう。

「緋真、ルミナ」

「了解です、足止めしますよ」

「私はお父様たちの死角を潰します！」

魔法を詠唱《えいしょう》しながら構える緋真と、気合十分に頷くルミナ。

さて、単純な頭数ではこちらの方が上とは言え、セイランに乗っている俺たちはまとめて一体と数えるべきだろう。あまり安易に攻《せ》めることはできないが――

「初の空中戦だ、今は出し惜《お》しみをしなくていい。まずは感覚を掴むぞ」

「分かってますよ！」

「お父様の御心《みこころ》のままに！」

にやりと笑い、纏う風を強めたセイランへと合図を送る。その瞬間、俺たちはマイナーグリフォンたちへと向けて一直線に飛び出していた。

第二十二章　空中戦闘

「クケェェエエエッ！」

雄叫びを上げ、セイランが宙を駆ける。その急激な加速に耐えながら、俺は右手に握《にぎ》る餓狼丸《がろうまる》に【スチールエッジ】を発動させた。

空中では自由に動けないため、攻撃手段が限定される。少ない攻撃機会で確実にダメージを与《あた》えられるようにしなければ。

「《スペルチャージ》、【フレイムバースト】！」

牽制として緋真《ひさな》が発動させたのは爆発《ばくはつ》の魔法。起点を指定して発動するタイプの魔法は、空中でも使い易《やす》いものだろう。中心で爆発を起こされたマイナーグリフォンたちは、空中で大きくバランスを崩《くず》して動きを止めている。

爆発に巻き込《こ》まれたことで、体を覆っている風の膜《まく》が乱されたのか。確かに、セイランもあれのお陰《かげ》で素早《すばや》く飛んでいたようであるし、風を乱すのは有効な戦術であるかもしれない。とはいえ――

「うへぇ、結構魔法防御力《ぼうぎょりょく》ありますね」

「風の魔法で飛び道具を防ぐものがあったな。あれの効果もあるのか」

「効果的にはちょっと違《ちが》うような気もしますが……」

正直、使った経験は少ないためあまりよく分からんが、確かに少々異なる気もする。

とはいえ、似たような効果があるのは間違いないだろう。単発の魔法であまり効果を発揮できないのでは、正直な所少々やり辛い。だが――

「行けッ！」

「ケェッ！」

空を打ち、セイランが加速する。前かがみになりながらその衝撃に耐えつつ、俺たちはマイナーグリフォンたちへと向けて突撃を敢行《かんこう》した。

「――『生奪』！」

黄金と漆黒《しっこく》のオーラを纏った餓狼丸で、擦れ違った一体の羽ばたく翼を斬りつける。血が飛び散り、そのマイナーグリフォンの体勢は、傷ついた翼の方からがくりと傾いていた。

翼を使って飛行している以上、やはりそこが生命線になるか。

「こちらも気を付けなけりゃならんか……！」

弱点があるのは良いが、結局のところ明日は我《わ》が身《み》だ。セイランの翼を傷つけられれば、俺たちは揃《そろ》って地面に落下することになる。

　あのマイナーグリフォンはなんとかゆっくりと降下しているようであるが、こちらは重量物が二人も乗っているのだ、その余裕《よゆう》は無いだろう。

「追ってくるぞ、距離《きょり》を取れ！　ルミナ、牽制しろ！」

「クケェッ！」

「分かりました、お父様！」

　残る二体が体勢を立て直し、こちらを追って飛行を再開する。スピードで言えば、間違いなく連中の方が速くなるだろう。こちらは重い荷物を運んでいるのだ、身軽な向こうとスピード勝負をすることはできない。

　だが、その動きを牽制するように、《魔法陣《まほうじん》》を使って魔法の数を増やしたルミナが光の槍《やり》を放っていた。光の槍を回避《かいひ》するためにマイナーグリフォンたちは加速しきれず、奴《やつ》らはこちらまで追い付けずにいるが、これでは根本的な解決にはならない。

　さて、どうしたものか――

「緋真、壁《かべ》で遮れ！」

「ウォール系って空中で使うとどうなるんですかね……《スペルチャージ》、【フレイムウォール】！」

緋真が魔法を発動した瞬間、俺たちの後方に炎《ほのお》の壁が発生する。その形状は、どうやら正方形になっているようだ。普段は地上で使っているため長方形に見えるが、まさか地面の下にまで展開されているのだろうか？

ともあれ、これで連中の視界を遮ることができた。ならば――

「セイラン、上へ昇《のぼ》れ！　連中の頭上を取れ！」

「クェ！」

「ちょっ――」

緋真が何か言いかけたようであるが、気にせずにセイランを一気に上昇させる。

緋真を抱《かか》え込むようにしながらセイランに張り付き、その背から振《ふ》り落とされぬよう体を固定する。その直後、炎の壁を強引《ごういん》に突破《とっぱ》したマイナーグリフォンたちの姿が、俺たちの眼下に現れていた。

空戦においては、基本的に頭上を取ったものが有利となる。特にセイランたちマイナーグリフォンの場合、頭上に攻撃できる手段は風の魔法程度だ。その強靭《きょうじん》な足での攻撃を、完全に封じることができる。

「今だッ！」

「ケェェ――――ッ！」

そしてその瞬間、俺の指示に従い、セイランは頭上からマイナーグリフォンへと襲い掛かる。振り下ろされた剛腕《ごうわん》は、こちらの姿を見失っていたマイナーグリフォンの背を叩き、地上へと向けて吹き飛ばす。

錐揉《きりも》み回転しながら墜落《ついらく》してゆくマイナーグリフォンだが、まだその体力は健在。何とか体勢を立て直そうともがいている最中だった。恐らく、地面に叩き付けられる前に体勢を整えるだろう。ならば——

「ルミナ！」

「承知しました！」

墜落するマイナーグリフォンへと向けて、ルミナがその手を振り下ろす。その瞬間、輝《かがや》いた魔法陣から光の槍が放たれていた。

空中に眩《まばゆ》い軌跡《きせき》を描く光の槍は、墜落中だったマイナーグリフォンに突《つ》き刺《さ》さり、派手に魔力を散らす。何本もの光の槍に貫《つらぬ》かれたマイナーグリフォンは、そのまま体勢を保てず地面へと墜落していった。その行く末までは確認《かくにん》する余裕も無く、俺は残る一体のマイナーグリフォンへと注意を向けた。

空中で戦うと、敵の素材を回収できないのが勿体ないのだが——

「残りは俺がやる。練習台だ。指示通り動け、セイラン」

「クェ！」

まだまだ慣れているとは言えないが、この機会に練習しておいた方が良いだろう。

俺の攻撃手段は接近しての斬撃のみであるため、正直かなりリスクは高いが、対処できなければ後々困ることになりかねん。今は俺たちの頭上にいるマイナーグリフォン。今の奇襲《きしゅう》で、既《すで》にこちらのことを捕捉《ほそく》しているだろう。

今の状況《じょうきょう》ではこちらが不利、だが――

「ブレーキを掛けろ！」

「――――ッ！」

翼《つばさ》が空を打ち、急激にスピードを落とす。足で体を固定しながらその衝撃に耐え――その瞬間、俺たちの眼前をマイナーグリフォンが通り過ぎる。頭上から俺たちを狙っていた一撃は空を切り、俺はその瞬間にセイランへと合図を送った。

狙うは、急降下爆撃《ばくげき》のような直滑降《ちょっかっこう》。

「ひ――――っ⁉」

「『生奪』……ッ！」

緋真の悲鳴を聞き流しながら、マイナーグリフォンへと突撃する。ほぼ直角に落ちるような軌道には、流石《さすが》の俺も肝《きも》が冷える感覚を味わったが、これにも慣れなければなるまい。

空中で戦えば、こういった場面の連続になる可能性は十分にあるのだから。

攻撃を外したことで一瞬《いっしゅん》混乱したのか、マイナーグリフォンの動きからは僅かな迷いが見える。その隙《すき》へと向けて、俺はセイランと共に急降下しながら刃を振るう。

相手が動いていないならば、刃を振るっても取り落とすことはない。片手とは言え、俺が振るった刃はマイナーグリフォンの左翼《さよく》に確実に傷を残した。

「ケェアアアアッ！」

「《斬魔の剣》！」

だが、それだけでは墜落するには至らないのか、マイナーグリフォンは全身に風を纏いながらこちらへと突撃を敢行する。あの突進《とっしん》の直撃を受ければ、体の固定具ごと吹き飛びかねない。それならば、と――俺はセイランへと合図を飛ばし、斜め下へと向けて墜落にも近い軌道を取らせた。

「ちょっ、先生――⁉」

「大人しくしていろ、舌を噛《か》むぞ……！」

俺たち二人分の重さがある以上、スピードで勝つことは困難だ。だが、唯一《ゆいいつ》下向きへの移動に関しては、俺たちの重さがむしろ加速要素となって作用する。

その状態で徐々《じょじょ》に加速しながら――俺は、セイランの動きを一瞬停止させた。ガクンと高度が落ち、先ほどよりも強い浮遊感に襲われる。

そのまま、俺は必死の表情でセイランにしがみついている緋真を尻目《しりめ》に、右手で刃《やいば》を立てて左の篭手《こて》で峰《みね》を押さえながら構える。瞬間――頭上スレスレを通り過ぎたマイナーグリフォンの腹部に、餓狼丸の切っ先が埋《う》まっていた。

「ギ、ィ……⁉」

《斬魔の剣》の効果でマイナーグリフォンが纏っていた風の魔法《まほう》が消え去り、同時に深く斬《き》り裂かれたダメージでその巨体《きよたい》が揺れる。ここまで傷を負わせたならば、奴の動きも鈍《にぶ》るだろう。そう判断し、俺はセイランへと足で合図を送る。今ならば、対等以上のスピードで動けるはずだ。

「『生奪』！」

再び翼を羽ばたかせ、セイランは宙を駆ける。風を纏いながら一気に旋回したセイランは、そのまま横合いからマイナーグリフォンへと強襲《きようしゆう》していた。

金と黒のオーラを纏う太刀《たち》は、尾《お》を引くように空中に軌跡を描きながらマイナーグリフォンへと襲い掛かり――その左翼の付け根に、一筋の傷を負わせる。翼の中ほどと付け根、その両方を傷つけられたことでマイナーグリフォンの体ががくりと落ちる。左の翼を集中的に狙《ねら》っていた甲斐があったか。

「上がれ、セイラン！」

「クァアッ！」

俺の声に従い、セイランは一気に急上昇《きゅうじょうしょう》する。

一方、翼を傷つけられたマイナーグリフォンは翼を羽ばたかせるたびに不安定に体を揺らしていた。風を纏うことで何とか保っているようだが、最早《もはや》自由に動き回ることは出来ないようだ。ならば――

「――『生魔』」

《生命の剣》と、《斬魔の剣》を同時に発動する。

そして、動きを止めたマイナーグリフォンへと、上空から襲い掛かる。金と蒼《あお》を纏う太刀は、展開されていた風の障壁《しょうへき》を食い破り、その首筋へと刃を食《く》い込ませていた。

「ッ、おおお！」

そのまま上半身の力を連動させ、刃を振り抜《ぬ》く。頑丈《がんじょう》な羽毛《うもう》に覆われた首筋を斬り裂《さ》き、その下にある肉へと刃を届かせ――空中に、赤い血の飛沫《しぶき》を迸《ほとばし》らせる。

その巨体がぐらりと揺れ、地面へと墜落していく様子を気配で感じながら、俺は大きく安堵《あんど》の吐息《といき》を零《こぼ》した。

「……何とかなったが、やっぱり向いてねぇなこりゃ」

『《生命の剣》のスキルレベルが上昇しました』

『《斬魔の剣》のスキルレベルが上昇しました』

『《魔力操作》のスキルレベルが上昇しました』

『テイムモンスター《セイラン》のレベルが上昇しました』

俺一人でも何とか戦うことは出来たが、やはり俺一人では空中の敵を相手にすることは困難だ。空中でも問題なく動けるテイムモンスターたちや、緋真の魔法攻撃《まほうこうげき》をメインにしておくべきだろう。

野太刀《のだち》があればもう少しマシかもしれないが、それでも誤差の範囲内《はんいない》だ。俺自身は、あまり空中では戦力になるとは言えないだろう。

「……先生。ホント、もう、空中の戦闘《せんとう》は私たちに任せてください。っていうか先生がセイランを操縦するのは一人で乗ってる時だけにしてください」

「そういうわけにもいかんだろうが」

「なら、あのジェットコースターじみた軌道《きどう》は止めてください。本当に、切実に」

かなり目が死んだ様子の緋真が、光を映さぬ瞳《ひとみ》でこちらを見上げてくる。その様子からは視線を逸《そ》らしつつ、俺は声を上げた。

「まあ、セイランのスピードが上がればあんな無茶《むちゃ》な軌道はせずに済むだろう。ＡＧＩを上げておけばいいか？」

「……はぁ、もういいですよ。それで、折角《せっかく》倒《たお》した魔物が地面に墜落しちゃいましたけど、どうするんですか？」

「一応、最後の奴だけは回収しに行くか。空中戦は素材の回収がやり辛《づら》いのも問題だな」

初めての経験とは言え、問題が山積みだ。

改善できそうな点もあるが、すぐには手のつけようがない点も多い。空中での戦闘はできるだけ避《さ》け、効率よく戦うことを心がけた方が良いだろう。軽く嘆息を零しつつ、セイランに指示を送ってゆっくりと降下していく。と――

「……ん、あれは」

「先生？」

「あっちを見てみろ、緋真、ルミナ」

降下していく途中、遠くに見えた風景へと視線を向ける。

そこには、無数に蠢《うごめ》く黒い影《かげ》の姿が映っていた。馬に乗ったものと地を歩くもの、その種類はまちまちであるものの、向かう方向は同じ様子だ。

「辿《たど》り着くまでにはまだ時間はかかりそうだが、方角的には牧場の方に向かっているようだな」

「……また、悪魔の軍勢ですか」

「まあ、今回は俺たちだけで相手をするわけでもないだろう。まだ時間はある、それまでに可能な限り態勢を整えるとしよう」

そのためにも、まずはセイランの進化だ。とりあえず、空中戦でマイナーグリフォンたちに引けを取らない程度には動き回れるようにならなければ。

残りの時間的余裕を考えながら、俺は地上へと降下を続けるのだった。

第二十三章　騎乗戦闘への慣れ

『《死点撃《う》ち》のスキルレベルが上昇《じょうしょう》しました』
『《生命の剣》のスキルレベルが上昇しました』
『《斬魔の剣》のスキルレベルが上昇しました』
『《テイム》のスキルレベルが上昇しました』
『【アニマルエンパシー】のテクニックを習得しました』
『《生命力操作》のスキルレベルが上昇しました』
『《魔力《まりょく》操作》のスキルレベルが上昇しました』
『《魔技共演》のスキルレベルが上昇しました』
『《インファイト》のスキルレベルが上昇しました』
『テイムモンスター《セイラン》のレベルが上昇しました』

悪魔共の動きを遠目に監視《かんし》しながら、セイランのレベル上げを目的に戦闘を繰《く》り返す。
どうやらあの群れを構成しているのはほぼレッサーデーモンのようであるが、そこそこに協調性のある群れであるらしい。馬に乗っている奴と乗っていない奴で分かれているのだが、その進むスピードは統一されているのだ。

まあ、相変わらずロクに陣形《じんけい》も取れていないのだが、それでも騎乗と徒歩でグループに分かれながら進んでいるらしい。連中のスピードから考えて、牧場の近くまで到達《とうたつ》するのはこの世界における一日後か――それよりも少し早いか、と言ったところか。

微妙《びみょう》な時間だな。牧場に帰ったらログアウトして、夜にもう一度ログインしてちょうどいいぐらいだろうか？

「っと……それより、新しいテクニックか」

「テクニック？　先生のスキルでテクニックというと……」

「まあ、《テイム》だな」

「ですよね」

俺の返答に、緋真《ひさな》は苦笑《くしょう》を零す。スキルが《テイム》である以上、あまり戦闘に使えるものにはならないだろう、ということだろう。

俺の嗜好《しこう》をよく分かっているようだ。確かに、名前からしても戦闘向けのスキルには思えなかった。

「ええと……魔物が抱《いだ》いている感情が何となく分かるようになる、パッシブのテクニックだそうだ」

「ああ、テイマー的には便利なテクニックかもですね」

「こいつらは分かり易いからあまり必要は無いんだがな」

セイランを撫《な》でているルミナの様子を眺めながら、俺は軽く肩《かた》を竦《すく》める。ルミナはそもそも喋《しゃべ》ることができるし、セイランについては結構直情的な性格であるため分かり易い。正直な所、このテクニックの効果がこいつらに有効であるかどうかは微妙だ。

とはいえ、野生の魔物相手にも効果があるのであれば、その感情を読み取れるのはそこそこ便利かもしれないが。

「さてと、セイランのレベルもあと一つだが……」

「早かったですよね。レベル帯が上だったからでしょうけど……パワーレベリングの割にはセイランも結構戦果を挙げていましたし」

「パワー……？　まあ、ＭＰをセーブせずに戦えば現状でも十分な戦力だしな」

セイランは確かに今のレベル帯と比較《ひかく》すると格下の魔物であるが、風の魔法を使うことで上位の魔物に匹敵《ひってき》する戦力を得ている。最初に戦闘を行った時のように、消費を気にせず全力を出せば、十分な戦闘能力を発揮できるのだ。

とはいえ、その消費も決して馬鹿にならない。自分ではほとんど使っていなかったＭＰ

ポーションを、既に何本か消費していた。高級なポーションというだけあって、枯渇《こかつ》寸前になったセイランのＭＰを上限まで一気に回復させることが可能だ。

そこそこな数を仕入れていたため、まだまだ数には余裕がある。とはいえ、少し気になるから後でまた仕入れておくことにするが。

「今は急ぎだからな、回復は出し惜しみせずにやっておく。やり過ぎは良くないが、適度に暴れろよ、セイラン」

「クァア」

俺の言葉に、セイランは首肯《しゅこう》を返す。それと共に、何となくこいつが高揚《こうよう》しているのだということが理解できた。どうやら、これが【アニマルエンパシー】の効果であるようだ。

正直、具体的に分かるわけでもないし、効果としてはかなり控《ひか》えめだとは思う。だが、この程度でも魔物の考えが伝わってくれれば、向こうが攻めてくるタイミングも分かるかもしれない。そう考えれば、思ったよりは有効なテクニックだと言えるだろう。

「とりあえず、そろそろ戻るとするか」

「……先生のことだから、向こうに襲撃《しゅうげき》をかけるとか言うかと」

「阿呆《あほう》、今無茶をする理由も無いだろうが」

まあ、相手が歩兵のみで構成されていたならば、それも決して不可能ではなかっただろうが。

だが、今の奴らは一部騎兵《きへい》が含《ふく》まれている。騎兵を相手に戦うには、やはりこちらも騎乗戦で戦わなければならないが、そうなると俺の使える術理はかなり限定されてしまう。

鬼哭《きこく》を使えばまだ何とか、とは思うが——流石に、そこまで無茶をする理由も無い。この位置だと、敵の増援《ぞうえん》が際限なく追加される可能性もあるからな。

「向こうの到着《とうちゃく》時間はある程度予測が立てられた。後は、戻って対策を立てればいいだけだ」

「それは良いですけど、どうやって戦うつもりなのですか、お父様?」

「ふむ、そうだな」

ルミナの質問を吟味《ぎんみ》しながら、セイランを南へと向けて進める。さて、軍勢と戦う以上、基本的にこちらも軍勢で戦うべきだ。

問題となるのは、こちらには騎馬戦《きばせん》のノウハウが殆《ほとん》ど無いことである。そもそも現代でそんな経験をしたことがある人間はいないだろうから、それを論ずること自体が間違いなのだが。

「この国の防衛戦力もある程度いたようであるし、馬に乗っている悪魔《あくま》はこの国の連中に対処して貰《もら》えばいいだろう。歩いている連中はこちらで相手をする」

「結構騎馬の数もありますけど、大丈夫《だいじょうぶ》ですかね？」

「数はともかく、騎兵はこの国の主戦力だろう。実力は信用できる筈《はず》だ」

巫女《みこ》の護衛をしていた騎士《きし》たちは、騎馬の扱《あつか》いに関しては間違いなく俺たちより上だった。彼《かれ》らが精鋭《せいえい》なのかどうかは知らんが、騎乗戦での経験は間違いなく彼らの方が上だろう。その経験の差というものは、決して馬鹿にできるものではない。

「悪魔共の様子を見た感じ、連中も騎乗に慣れている様子はない。馬の扱いに長《た》けた彼らならば、多少の数の差程度なら物ともしないだろう」

「成程《なるほど》……お父様は加わらないのですか？」

「あー。騎士の数に不安はありますし、乗れる人はそっちに加わった方が良いんですかね」

「さてな、俺はそっちでも構わんが……その辺りは向こうから依頼《いらい》があったら考えるさ」

確かにその不安はあるだろう。俺も、彼らに合わせる程度なら何とかなる自負はある。依頼があれば、その戦列に加わることに否は無い。

無論、邪魔《じゃま》だと言われるのであればこちらは歩兵を相手にするまでだ。

「……ふむ、近づいてきているな」

「敵ですか？」

「ああ、恐《おそ》らく馬だな。適当に片付けるぞ」

こちらに近づいてくる魔物の気配を感じ取り、セイランに合図を送る。途端《とたん》に湧《わ》き上がるセイランの戦闘意欲に苦笑しつつ、こちらも意識を切り替《か》えつつ思考を続ける。

果たして、奴らが辿り着くまでにどれだけの戦力を集めることができるか。今回はフルレイドクエストのような表示は無かったし、全員参加型の突発《とっぱつ》イベントになるのか。或《ある》いは、これもまたグランドクエストの一環《いっかん》ということになるのか——何にせよ、悪魔が相手であるならば駆逐《くちく》することに変わりはない。

「ケァアアッ！」

セイランが気炎を上げながら風を纏う。見えてきたバトルホースは八頭の群れだ。既に俺のやり方にも慣れてきたのか、セイランは俺が指示を与えるまでもなく敵へと突撃《とつげき》していた。俺としても方針に否は無く、その勢いに乗りながらスキルを発動させる。

「『生奪』」

バトルホース相手であれば、セイランはかなり有利な立場にある。その能力を十全に使いこなせば、セイランだけで複数体のバトルホースを相手にすることも難しくはない。

だが、必要なのはＭＰの節約だ。適度に使いながらも、継続戦闘《けいぞくせんとう》が可能なようにセーブすること。その加減を覚えつつあるセイランは、細かく風の刃を飛ばすことでバトルホースの足を鈍らせていた。

「いい判断だ――！」

セイランは足を鈍らせたバトルホースの隙間《すきま》を縫《ぬ》うように駆《か》け抜ける。

それと共に、俺は右側にいる馬を斬りつけ――同時に、セイランは左側にいるバトルホースを前足の爪《つめ》で引き裂いていた。どうやら、セイランは殴《なぐ》る以外にも爪による攻撃を覚えたらしい。俺が敵を斬るところを見て学んだのか、風の魔法を纏いながらの一撃《いちげき》はそれなりの威力《いりょく》がある。

また、俺が右側ばかりを攻撃しているためか、セイランは左側をカバーするように攻撃している。実に賢《かしこ》く、いい判断をしてくれるものだ。

「《術理装填《そうてん》》……《スペルチャージ》、【フレイムランス】」

一方で、緋真は主に炎の槍を装填する戦法を取るように変わってきている。突きを放つことで切っ先から炎の槍を発生させるため、狙いやすくリーチも確保できるのだ。その威力はバトルホースのＨＰを大きく削《けず》る威力があるし、貫いた敵の動きを鈍らせる効果もあるようだ。

今も、緋真は炎の槍で貫いた相手へと接近し、刃で斬りつけるという戦法で戦っている。中々に安定しているようだし、いい戦法を見つけたと言えるだろう。

「槍よ……刃よッ！」

緋真の様子を見て学んだのか、ルミナも同じように槍で動きを止めて刃で斬りつけるという戦法を取っている。尤《もっと》も、こちらの場合は馬に乗っているわけではないため、もっと小回りの利く動きだ。

向かってきたバトルホースを空中でくるりと回避し、左手で光の槍を放つ。そして動きの鈍った馬を追い縋《すが》り、後方から首を斬り裂いているのだ。やはり、ルミナの《光翼》の性能は実に素晴《すば》らしい。空中であれだけ機敏《きびん》に動けるのは便利だろう。

「ケェエ――――ッ！」

効率よく敵を倒《たお》してゆく味方に奮起したのか、セイランは風を纏いながらバトルホースへと突進する。その巨体を生かした体当たりを横っ腹に受けたバトルホースは、体勢を保てず横倒《よこだお》しに転倒《てんたお》していた。

倒れた相手をその爪で容赦《ようしゃ》なく引き裂くセイランへ、横から敵が来ていることを足で合図する。その瞬間《しゅんかん》、セイランは翼を広げてその場から跳躍《ちょうやく》していた。

たとえ助走が無かったとしても、空中に数秒滞空する程度であれば飛ぶことが出来る。更に、《空歩》というスキルの効果で、空中で足場があるかのように跳躍することも可能なのだ。これがあれば、馬上でありながら静止状態からの回避も可能だ。

「ケェッ！」

そして、足元を通り過ぎようとしたバトルホースを押《お》し潰《つぶ》すように、セイランは空中から前足を振り下ろしながら落下する。その一撃を背の中心に受けたバトルホースは、胴《どう》から折れて沈没《ちんぼつ》する船のように地へと叩《たた》き付けられていた。

一撃を放った衝撃《しょうげき》で俺まで弾《はじ》き飛ばされそうになるが、そこはセイランのリズムに合わせて重心を操作することで衝撃を最小限に留《とど》める。

こいつの動きはかなり荒《あら》っぽいが、慣れてくれば合わせることも不可能ではない。【アニマルエンパシー】のお陰で仕《し》掛《か》けるタイミングも分かり易くなったし、これは思っていたよりも有用なテクニックだったのかもしれんな。

「『生奪』」

かなり頻繁《ひんぱん》に使っているのだが、相変わらず《魔技共演》はスキルレベルが上がり辛い。まだまだ効果の上昇を実感できないレベルだが、それでも有用であることは間違いない。馬上においても継戦《けいせん》能力を維持《いじ》するのには、このスキルが一役買っていることは事実だ。

着地と同時に走り出したセイランの進む力を利用して、前方にいたバトルホースの胴を斬り裂く。やはり自分で刃を振るえないと一撃で殺すには至らないが――後から続いたルミナが、その一頭にトドメを刺していた。

『《HP自動回復》のスキルレベルが上昇しました』

『《生命力操作》のスキルレベルが上昇しました』

『《魔力操作》のスキルレベルが上昇しました』

『テイムモンスター《セイラン》のレベルが上昇しました』

『テイムモンスター《セイラン》がレベル上限に達しました。《マイナーグリフォン》の種族進化が可能です』

全ての敵を倒し切り、耳に届いた音に目を見開く。どうやら、思った以上に早く目的を達することができたようだ。

第二十四章　進化と帰還

セイランの進化条件を満たしたことを確認し、こいつの背から降りる。流石に、進化の最中まで乗っている訳にはいかない。

「先生、どうかしたんですか？」

「ああ、セイランが進化できるようになったらしくてな。早速《さっそく》進化させようってわけだ」

「もうですか!?　早かったですね」

「この辺りの敵とは、10ぐらいレベル差があるからな。経験値量は十分だっただろうさ」

セイランの鞍《くら》を取り外しつつ、緋真《ひさな》の言葉にそう返す。マイナーグリフォンの進化先はグリフォンだ。その姿は以前見ているし、どの程度の大きさであるかも把握《はあく》している。あの体格は今のセイランよりも一回りほど大きかったし、鞍をそのまま装備していたらどうなるか分からない。

まあ、自動でサイズが調整されるかもしれないが、そこは念のためだ。一応、この鞍は従魔の巫女が選んだものであり、進化した後でも装備できるサイズになっているらしい。

使用すること自体には全く問題は無いだろう。

「さて、確認するからちょっと待ってろよ、セイラン」

「クェ」

首肯してくるセイランに笑《え》みを返しつつ、メニューからセイランの進化先情報について確認する。そこに表示されたのは、以前のルミナの時のような二種類の情報ではなく、予想した通りの進化先だった。

■グリフォン
種別：魔物
属性：風
戦闘位置：地上・空中
大空の死神の異名を持つ、気性《きしょう》の荒い強力な魔物。
身体能力に優《すぐ》れ、地上であろうと空中であろうと高い機動力を発揮する。
また、風の魔法の扱いにも優れており、手懐《てなず》けられれば強力な騎獣《きじゅう》となる。

「やはり、進化先はグリフォンだけか」

「元がマイナーグリフォンですしね。妖精《ようせい》みたいに色んな種類に進化できる方が珍《めずら》しいと思いますよ」

「確かに、私たち程多様な種がある存在は珍しいです。妖精や精霊《せいれい》は成長とともに変化する種ですから」

「そういうもんか……まあいい、悩《なや》まずに済むしな」

選択肢《せんたくし》が無いならば順当に進化させればいいだけの話だ。小さく笑みを浮《う》かべつつ、俺はグリフォンの選択肢を押下《おうか》した。

その瞬間、セイランの体がゆっくりと輝き始め、やがてその全体が球状の蒼い光に包《つつ》まれる。眩い輝きの中、シルエットだけが映るセイランの姿は、徐々にその大きさを増していた。やがて、ゆっくりと光はセイランのシルエットへと絡《から》まり――

「クエエエエ――――！」

――光の中から、進化を完了《かんりょう》させたセイランが姿を現す。

その姿は、間違いなく以前に戦ったグリフォンと同じ、マイナーグリフォンを一回りたくましくしたような姿の魔物だ。バトルホースと比べても少々大きくなった姿ではあるが、【アニマルエンパシー】の効果で伝わってくる感情は進化前と差はない。その高揚と恭順《きょうじゅん》の意志に、俺は笑みを浮かべつつ滑《なめ》らかな首筋を撫でる。

「立派になったもんだな、期待しているぞ」

「クエエ！」

威勢《いせい》のいい返答に満足しつつ、俺は再びウィンドウを操作する。確認するのは、新たな力を得たであろうセイランのステータスだ。

■モンスター名：セイラン
■性別：オス
■種族：グリフォン
■レベル：1
■ステータス（残りステータスポイント：0）
STR：36
VIT：25
INT：26
MND：18
AGI：34
DEX：15
■スキル
ウェポンスキル：なし
マジックスキル：《風魔法《かぜまほう》》
スキル：《風属性強化》
《飛翔《ひしょう》》
《騎乗》
《物理抵抗《ていこう》：大》
《痛撃《つうげき》》
《爪撃》
《威圧《いあつ》》
《騎乗者強化》
《空歩》
《ターゲットロック》
称号《しょうごう》スキル：なし

ステータスは相変わらず、物理的な部分と素早《すばや》さが優秀《ゆうしゅう》だ。同時に、魔法防御《まほうぼうぎょ》と器用度の低さもまた改善されていない――というより、余計に差が開いてきている。

まあ、ここはセイランにとっては苦手分野ということだろうし、ほどほどにフォローする程度でいいだろう。

スキルを確認すれば、いくつか見覚えのないスキルが存在していた。

まず、《飛行》だったスキルが《飛翔》へと変化している。これは、ヴァルキリーに進化する前のルミナが持っていたものと同じスキルだろう。恐らくは、単純な飛行能力の向上だと思われる。だが、それはセイランにとって非常に大きな強化となるだろう。

空中における機動力は、セイランにとっても俺にとっても重視すべき能力だ。先ほど空中戦をした時も機動力は課題であったし、この強化の影響は大きいだろう。

《物理抵抗：大》については、単純に以前の能力の強化になる。被弾《ひだん》によって体勢を崩《くず》されることは厄介《やっかい》であるし、これがその対策となるなら有用なスキルだろう。

そして、最後に追加されているのは《爪撃》のスキルだ。これはその名の通り、爪で攻《こう》撃《げき》するスキルだろう。先ほどから爪で攻撃するようになっていたし、ひょっとしたらデータの内部ではこのスキルが既に存在していたのかもしれない。

ともあれ、打撃《だげき》と斬撃、その両方を扱えるようになったのはプラスだろう。単純にダメージを与《あた》えるのであれば《痛撃》の方が強力であろうが、血を流させるという意味では《爪撃》の方が便利だ。どちらを使った方が良いかは――まあ、状況《じょうきょう》次第《しだい》だろう。

「突飛《とっぴ》な能力が生えたわけではないが、純粋《じゅんすい》に強化されているな。これなら、感覚のズレも少ないだろう」

「へぇ……やっぱり、進化ってワクワクしますね。かなり強くなったんじゃないですか？」

「かなりバランスのいい強化だろうな。特に、攻撃力《こうげきりょく》と機動力の強化は大きい」

後は燃費方面であるが、それについてはポーションを使えばどうとでもなるし、通常の火力が上がったことで魔法に頼《たよ》らなければならない場面も減る筈だ。まあ、次はＭＰ関連のスキルが増えて欲《ほ》しいところではあるが、それに関してはしばらく先だろう。

外していた鞍と手綱《たづな》を再び装着しながら、俺はセイランへと声を掛《か》ける。

「きつくはないか？」

「クエ」

「そうか。なら、早速確認《さっそくかくにん》といくぞ」

鞍をしっかりと固定し、その背中に跳《と》び乗る。やはり一回り大きくなっているだけに、その高さには感覚のズレが生じている。とはいえ、そこまで大きいものではないし、気を付けておけば修正は可能だろう。

「よし、戻《もど》りながら確認を行う。そろそろアルトリウスたちも第一陣《じん》ぐらいは到着してるだろ」

「そんなに時間経《た》ちましたっけ？　まあ、あの人たちならイベントがあるとなれば逃《のが》しはしないでしょうけど」

緋真は呆《あき》れと感心を交えた表情でそう呟《つぶや》く。

先ほど連絡《れんらく》した時の反応からして、こちらに来ることは確実だ。下手をしたら、隊列を組んで全力でこちらに向かってきていてもおかしくはない。

グランドクエストの進行状況からしても、決して無視できない戦いであろうし、アルトリウスなら何としてでも間に合わせるだろう。

「戻れば確認できるだろうさ。そら、行くぞ」

「了解《りょうかい》です」

「分かりました、お父様」

「クエ」

セイランの声が加わった返答に思わず笑みを零しながら、馬首を南へと向ける。世界規模でイベントが進行しているからか、息を吐《つ》く暇《ひま》も無いようなスケジュール密度だ。

だが――――それでこそ、戦場にいる実感が湧くというもの。歪《ゆが》む口角を隠《かく》しながら、俺はセイランへと合図を送り、牧場への帰還を再開したのだった。

＊　＊　＊　＊　＊

「……来ているだろうとは予想していたが、まさかここまで本気だとは」

「ははは、グランドクエストに絡むとなると、流石《さすが》に放置はできませんから」

フェーア牧場へと帰還した俺が目にしたのは、百人規模で集まっている『キャメロット』のメンバーの姿だった。ある程度集まってきているとは思っていたが、既《すで》にこれだけの人数を送り込《こ》んできているとは。

呆れを交えた俺の言葉に対し、アルトリウスは苦笑交じりに声を上げる。

「騎獣が欲しいメンバーはかなり多かったもので。この通り、かなり盛況《せいきょう》ですよ」

「一応、この牧場はそういう施設《しせつ》のようだが……この数は大丈夫なのか？」

「全てのプレイヤーが利用可能な施設ですから、そこは問題ないと思いますよ。それより、そのグリフォンがクオンさんの騎獣ですか」

「ん、ああ。セイランだ。立派なもんだろう？」

「ええ、本当に。先ほど苦戦した相手とこんな形で再会することになるとは思いませんでしたが」

どうやら、アルトリウスもあの関所のボス戦には苦戦することになったらしい。

まあ、無理もないだろう。対空戦はそう簡単なものではない。指揮に優れるアルトリウスといえど、そう容易《たやす》く処理できるような相手ではなかったということだ。

「飛行が可能な騎獣は、さすがにまだ手が届きませんね。できれば部隊として配備したいところですが……そんな数を購入《こうにゅう》したら破産しますよ」

「《テイム》や《召喚魔法《しょうかんまほう》》を使える奴《やつ》に任せた方が良いんじゃないのか？　馬の進化でペガサスになるんだろう」

「そうですね……その辺りは当人たちからヒアリングしてみます」

空戦の部隊というのは中々想像が付きづらいものだが、実際に飛んでみると結構難しいことが分かる。

不安定な状態で、縦横無尽《じゅうおうむじん》に飛び回らなければならないのだ。ただ飛行するだけならまだしも、戦闘を行うとなると難易度は急上昇する。何しろ、足元が全く保証されていないし、いつ落下するかも分からんからな。

「さて……それで、どう立ち回るつもりだ？」

「基本は、彼らの邪魔をせぬように動くつもりですよ」

言いつつ、アルトリウスが示したのは統一した鎧《よろい》を纏《まと》っている一団だ。そのデザインには見覚えがある。間違《まちが》いなく、このベーディンジアの騎士団《きしだん》のメンバーだろう。

やはり、この状況に彼らも集まってきたか。

「ベーディンジアの騎士団は、自分たちの戦力も活用して牧場の防衛に当たるつもりのようです。しかし――」

「数が少ないな。今の『キャメロット』の数と大差ないか」

「ですよね。相手の数もそう多くはないようですが、少々厳しいことは事実でしょう。ですから、こちらからも協力を提案しています」

「ふむ……相手の出方次第《しだい》ってことか？」

「そうなりますね」

いくら手が足りないと言っても、初対面の俺たちといきなり行動を共にするのは困難だろう。彼らの騎兵としての練度は非常に高い。それに合わせるのは、一般《いっぱん》のプレイヤーには厳しい。とはいえ、手数が足りるかどうかは微妙な所であるし、どうなるかは彼ら次第ということだ。どちらにせよ、暴れられることに変わりはない。戦いが始まったら、存分に暴れさせてもらうとしよう。

「とりあえず、俺と緋真はしばらくログアウトしておく。戦いが始まる前には再度ログインするが……」

「リアルの時間で言ったら、およそ夜の九時頃《ごろ》なら大丈夫だと思います。その辺りまでには戻ってきてください」

「了解だ。その時間なら問題ない」

飯と風呂《ふろ》の後は基本的に訓練は無いし、その時間なら問題なくログイン可能だ。ゲームの中での戦いはある意味修行《しゅぎょう》のようなものでもあるため、有意義な時間を過ごせるだろう。対集団における騎乗戦闘、滅多《めった》に出来る経験ではない。楽しませて貰うとしよう。

「それじゃあ、また後でな」

「ええ、お待ちしています」

アルトリウスの挨拶《あいさつ》に頷《うなず》き、踵《きびす》を返す。再度ログインした時には、とりあえずエレノアの所で注文しておいたアイテムを回収しておくこととしよう。野太刀《のだち》があれば、色々とやり易《やす》くなるだろうからな。

夜に行われるであろう決戦の戦い方を思い描《えが》きながら、俺は緋真と連れ立ってログアウトを押下するのだった。

■アバター名：クオン

■性別：男

■種族：人間族《ヒューマン》

■レベル：34

■ステータス（残りステータスポイント：0）

STR：28

VIT：20

INT：28

MND：20

AGI：15

DEX：15

■スキル

ウェポンスキル：《刀術：Lv.5》

マジックスキル：《強化魔法《まほう》：Lv.22》

セットスキル：《死点撃ち：Lv.22》

《MP自動回復：Lv.20》

《収奪《しゅうだつ》の剣《けん》：Lv.21》

《識別：Lv.20》

《生命の剣：Lv.24》

《斬魔の剣：Lv.17》

《テイム：Lv.20》

《HP自動回復：Lv.18》

《生命力操作：Lv.17》

《魔力操作：Lv.12》

《魔技共演：Lv.6》
《インファイト：Lv.2》
サブスキル：《採掘《さいくつ》：Lv.10》
称号スキル：《剣鬼羅刹《けんきらせつ》》

■現在SP：33

■アバター名：緋真

■性別：女

■種族：人間族《ヒューマン》

■レベル：33

■ステータス（残りステータスポイント：0）

STR：28
VIT：20
INT：24
MND：20
AGI：16
DEX：16

■スキル

ウェポンスキル：《刀術：Lv.4》
マジックスキル：《火魔法：Lv.26》
セットスキル：《闘気：Lv.21》
《スペルチャージ：Lv.20》
《火属性強化：Lv.21》

《回復適正：Lv.15》
《識別：Lv.19》
《死点撃《う》ち：Lv.20》
《格闘《かくとう》：Lv.19》
《戦闘《せんとう》技能：Lv.20》
《走破：Lv.19》
《術理装填：Lv.12》
《MP自動回復：Lv.8》
《高速詠唱《えいしよう》：Lv.7》
サブスキル：《採取：Lv.7》
《採掘：Lv.10》
称号スキル：《緋の剣姫《けんき》》
■現在SP：30

■モンスター名：ルミナ
■性別：メス
■種族：ヴァルキリー
■レベル：7
■ステータス（残りステータスポイント：0）
STR：27
VIT：20
INT：35
MND：20

AGI：22

DEX：20

■スキル

ウェポンスキル：《刀》

マジックスキル：《光魔法》

スキル：《光属性強化》

《光翼《こうよく》》

《魔《ま》法抵抗《ほうていこう》：大》

《物理抵抗：中》

《MP自動大回復》

《風魔法》

《魔法陣《じん》》

《ブースト》

称号スキル：《精霊王の眷属《けんぞく》》

■モンスター名：セイラン

■性別：オス

■種族：グリフォン

■レベル：1

■ステータス（残りステータスポイント：0）

STR：36

VIT：25

INT：26

MND：18

AGI：34

DEX：15

■スキル

ウェポンスキル：なし

マジックスキル：《風魔法》

スキル：《風属性強化》

《飛翔》

《騎乗《きじよう》》

《物理抵抗：大》

《痛撃》

《爪撃》

《威圧》

《騎乗者強化》

《空歩》

《ターゲットロック》

称号スキル：なし

時間を分けて一日に二度ログインするということは少ない。それは俺や緋真《ひさな》が、このゲームに対して修行の一環《いっかん》であるという認識《にんしき》を持っているためだろう。

基本的に、俺たちの修行は夕飯の前までだ。午前と午後の修行の後は風呂に入って夕飯を食って、自由時間となる。ゲームを少し早めに終えて風呂に入った俺たちは、いつも通りの時間に大広間での夕食とすることにした。

夕食では、基本的に仕事を終えた者たちが一堂に会することになる。それは、明日香《あすか》のような住《す》み込みの門下生だけではなく、一族の運営側の者も含《ふく》まれる。

そこには俺の両親もいるのだが、基本的に席が離《はな》れているため、あまり会話をすることはない。別に不仲というわけではないのだが……どうにも、話が合わないのだ。両親と話していると、まるで別の世界に住んでいる者と会話をしているような気分になる。

そういう意味では、あのゲーム内で現地人と話しているような感覚に近いのだろうか。

そう思い、俺は思わず苦笑《くしょう》を零《こぼ》した。

「先生？　どうかしたんですか？」

「いや、大したことじゃないさ」

問いかけてきた明日香の言葉に、苦笑を浮かべたまま首を横に振《ふ》る。大して意味の無い感傷だ。少なくとも、今の俺にとっては。それは、かつて戦場に出る前の、ただの人であった俺が抱《いだ》いていた感情なのだから。

燻《くすぶ》る怒《いか》りを鎮《しず》めながら食事を進め——ふと視線を向けたテレビに、見覚えのある映像が映し出されていた。

「お……さっき許可したばっかりだってのに、もう放送されてるのか」

「え？　……ふぁっ⁉」

俺の視線を追ってテレビの方へ向き直った明日香は、何やら素《す》っ頓狂《とんきょう》な声を上げる。一応、公開されるとは言っていたのだし、その行動の速さに驚《おどろ》いたのだろうか。まあ、あらかじめ用意していたものから編集する必要が無かったということかもしれないが。

映像の最初に映ったのは、近づきつつある悪魔《あくま》の軍勢と、それと向かい合う俺とルミナの姿だ。直後、俺の顔のアップから口元に寄せられ、俺の口元が笑みに歪んだ直後、テーマ曲らしい音楽と共に映像が切り替《か》わる。

次に現れたのは悪魔の群れと戦う緋真の姿だ。炎《ほのお》を纏いながら次々と悪魔を斬《き》り伏《ふ》せて

いる姿が映し出されている。当時の戦いぶりは見ることができなかったし、なかなか興味深い映像だ。

次に映し出されたのは、黄金に輝《かがや》く剣を携《たずさ》えたアルトリウスの姿。『キャメロット』の軍勢を率いて悪魔へと突撃《とつげき》していく姿は、実に勇ましいものだ。それに続くように、ライゾンやら、見覚えのない騎士《きし》っぽい姿をしたプレイヤー――そして、城壁《じょうへき》の上で身を乗り出しながら叫《さけ》ぶエレノアの姿が映し出される。どうやら、基本的にはこの間のイベントの映像を基にしているようだ。

だが、最後に映し出されたのは、俺がフィリムエルと戦った際《さい》の映像だ。奴の振るう槍《やり》を掻《か》い潜《くぐ》りながら刃《やいば》を振るい、交錯《こうさく》する姿。互《たが》いの武器が激突《げきとつ》した際に散った火花と共に画面はホワイトアウトし――そこで、ゲームのロゴが表示されてＣＭは終了《しゅうりょう》した。

「あんなとんでもないゲームを作るだけあって、仕事も早いこったな……っと」

ふと気が付けば、食事中の大広間は完全に静まり返っていた。

そういえば失念していたが、あの映像を見たら一族の人間は俺と明日香だと気付いて当然だったな。特に、俺の戦いぶりをよく知る師範代《しはんだい》たちは、一目で気が付いたようだ。

「なあおい、師範。あれってもしかして――」

「草場《くさば》さん、そこはお兄様に聞く必要はありませんよ……ねぇ、本庄《ほんじょう》さん？」

剛の型が師範代である草場修蔵《しゅうぞう》の言葉を遮《さえぎ》ったのは、俺の姪であり薙刀術の師範代である久遠幸穂《くどうさちほ》だ。長い髪を右肩で束ねて体の前に出している彼女は、切れ長の瞳を細めて一見柔和そうな表情を浮かべながら明日香の肩を掴《つか》む。

「え、ええと……その、幸穂さん、これはですね」

「いやはや、随分《ずいぶん》と興味深い映像でした。これは是非《ぜひ》とも詳《くわ》しく話していただかないとなりませんね？」

そして、それに同調したのは柔の型の師範代である水無月蓮司《みなづきれんじ》である。幸穂と同じく、まるで目が笑っていない笑顔で、蓮司は明日香のもう片方の肩を掴む。

「み、水無月さんまで⁉　せ、先生、ちょっと助け──ああああああああああ」

そして、俺があのゲームをプレイしている理由も即座《そくざ》に理解できたのだろう。師範代たちは明日香の肩《かた》を掴み、そのまま引きずるようにしながら部屋の外へと連行していった。口を挟《はさ》む暇も無く連れ去られた弟子《でし》の姿をしばし呆然《ぼうぜん》と見送り、俺は嘆息《たんそく》を零して食事を再開する。まあ、そう長くはかからないだろう。戦闘が始まるまでには戻ってくれば何とかなる。

しかし、ゲームのことを聞き出したとして、あの連中はどうするつもりなのだろうか。あのゲームが修行に有用なことは間違いないのだが、流石に一族揃《そろ》って利用するとなると中々難しい。その辺りについては運営側が考えることであろうが……一応、議題に出たら賛成はするようにしておくか。

本当に導入することがあれば、中々いい教材になりそうだ。

「……まあ、ゲームの中で面倒《めんどう》を見るのは一人だけだがな」

流石に、ゲームの中で何人も相手をさせられるのは勘弁《かんべん》だ。そもそも、敵と戦う感覚を養うためにプレイするだろうから、普段《ふだん》の稽古《けいこ》と同じことをしていては意味が無い。師範代たちも、門下生たちも、自分なりの戦いというものを身に付けてもらわねば困る。

まあ、師範代たちもわざわざ俺に言われるまでも無いだろうが。

「しかし、あいつらちゃんと九時までに戻してくれるんだろうな？」

下手をすると長引きそうな尋問《じんもん》に嘆息しつつ、俺は集中する視線の中、己《おのれ》の食事を片付けたのだった。

＊　＊　＊　＊　＊

集合時間の十五分ほど前になり、俺は再度ログインした。

緋真は疲労困憊《ひろうこんぱい》な様子ではあったものの、五分前には部屋に戻っていたようである。どうやら、このゲームと俺たちの関係を洗いざらい説明させられたようであるが、まあ問題はあるまい。

「何で助けてくれなかったんですか……」

「いや、アイツらはお前の話を聞きたかったみたいだからな」

「おかげで凄《すご》い問い詰《つ》められたんですけど……最近の先生の上達っぷりとか知ってますし」

「別に隠すようなことでも無かろう。っていうか、何で隠してたんだ」

「……べ、別にー」

下手な誤魔化《ごまか》しで視線を逸《そ》らす緋真の様子に嘆息しつつ、俺は周囲の状況を確認する。人の数は、どうやらかなり増えている様子だ。その殆《ほとん》どが『キャメロット』のメンバーであるようだが、どうやら一部は他のプレイヤーが含まれているようだ。恐《おそ》らく、その筆頭は『エレノア商会』の面々だろう。

『キャメロット』と提携《ていけい》を結んでいる彼《かれ》らは、その契約《けいやく》によってボス戦の護衛を引き受けて貰《もら》っていたはずだ。そのおかげか、幾人《いくにん》か見知った顔を見かけることができた。

「クオン、戻ってきたのね……新しい国に来たと思ったら、早速《さっそく》やらかしているわね」
「いや、偶然《ぐうぜん》出くわしたから助けただけだったんだが」
「それに関しては間違いなくいい仕事だったんだけどね……イベントに遭遇《そうぐう》するペースが早いのよ貴方《あなた》は」

嘆息しながらこちらに近づいてきたのは、フィノを伴《ともな》ったエレノアだった。どうやら、新しいイベントが発生したことにより、急いでこちらまで出てきたようだ。

「貴方たちがログアウトしている間に、ワールドクエストのアナウンスがあったわ。正確には、グランドクエスト直結ワールドクエストってことらしいけど」
「……どういうことだ？」
「つまり、国の防衛に関わることはグランドクエストに含まれていて、これはその一部をワールドクエストの扱《あつか》いとしたってことでしょう」

エレノアの説明に、何となく納得《なっとく》して首肯《しゅこう》する。確かに、この牧場を護《まも》る戦いも、グランドクエストの一部と言えばその通りだろう。

ともあれ、戦いの準備は整いつつあるということだ。

「とりあえず、貴方たちが注文していたアイテムも持ってきてあるわよ。確認をお願いね」
「お？　ああ、了解だ。ちょっと待ってくれ」

表示された精算画面に従い、アイテムのトレードを行う。

エレノアから提示されているのは、先ほど注文した野太刀と消費したポーション、それからノエルに頼《たの》んでいた宝石細工だった。全て揃うとそれなりの値段ではあるのだが、ここに来るまでに手に入った素材類をすべて出せばほぼ相殺《そうさい》できる程度の値段だ。

受け取ったバングルは右の篭手《こて》の下に、そして野太刀は背負う形で装備する。この野太刀は鞘《さや》の半ばまで切れ目が入っており、途中《とちゅう》まで引き抜《ぬ》くことで鞘から抜き放つことができるのだ。流石に背負う形で刀を装備した経験はあまりないため、抜くのはともかく戻すのには少々手間取りそうだ。

「……しかし、全身刃物《はもの》まみれね、貴方」

「その重武装感、カッコいい」

「あー……確かに、ここまでゴテゴテしたのは久しぶりだな」

左の腰《こし》には餓狼丸《がろうまる》を佩《は》き、右には二振りの小太刀《こだち》を佩いている。そして背には、今回購入した野太刀を装備している状態だ。物々しいと言われれば、決して否定はできない重武装っぷりだろう。

「これで戦う準備は完了《かんりょう》したかしら？　アルトリウスが探していたわよ」

「これから会いに行くところだ。まずはどんな状況になっているのか、聞かせて貰うとしよう」

　果たして、どのような戦になることやら。背負った野太刀の重さを確かめながら、俺は湧《わ》き上がる高揚《こうよう》感に笑《え》みを浮《う》かべたのだった。

第二十六章 閑話・裏側の追及

「さて……どういうことなのか、説明して貰いましょうか、本庄《ほんじょう》さん」

「いやぁー、その、えーと……」

久遠《くどう》の屋敷《やしき》の一室、その中央にて正座させられている本庄明日香《あすか》は、四人の師範代たちに包囲されながら引き攣《つ》った笑いを零していた。

原因は言うまでもなく、先程《さきほど》テレビで放送された、ゲームのコマーシャル映像である。そこに映し出されていた人物を、彼ら久遠神通流《くどうじんつうりゅう》の師範代たちが見間違《みまちが》える筈《はず》がない。あれは間違いなく彼らの師範である久遠総一《そういち》であり、共に映っていた者が明日香であると、彼らは確信していたのだ。

しかし、だからこそ納得できないこともある。彼らの知る久遠総一は、決してゲームに享楽《きょうらく》を見出《みいだ》すような性格も、経歴もしていない筈なのだ。少なくとも、自分からそのようなものに手を出すとは、師範代の誰《だれ》も考えていなかった。

であれば、その原因はどこにあるのか――それは、考えるまでもなく明白だった。

「まず前提として、あのゲーム――Magica Technicaとやらに師範を誘《さそ》ったのは貴方ですね？」

「な、何を根拠《こんきょ》にそんな……」

「ほう、貴方以外にいると？　日常的に師範に接触《せっしょく》する人間が、ここにいるメンバー以外にいるとでも？」

「あっはい……」

ギラリと目を輝かせながら放たれた蓮司《れんじ》の言葉に、明日香は消沈《しょうちん》した様子で首肯する。明日香は師範の――総一の直弟子《じきでし》ではあるが、その実力はまだ成長途中だ。実際の実力で言えば、まず間違いなく師範代四人に軍配が上がるだろう。

ここで下手に答えれば余計な稽古が追加されると、明日香は諦《あきら》めながら首を振った。ゲーム内でも予定が立て込んでいて忙《いそが》しいというのに、これ以上余計な予定を入れるわけにはいかない。

「はい……その、私が先生をゲームに誘いました」

「お兄様をそのような低俗《ていぞく》な遊びに……！」

「まあ待てよ、幸穂《さちほ》。師範が何も考えずにその誘いに乗るなんてこたぁないだろ？」

「まあ、こちらも同意見ですね。何の理由もなく、師範がゲームで遊び始めるとは思えません。それも、特訓の時間を削《けず》ってまでね」

「うむ……それに、ゲームで訓練の時間を減らしているにもかかわらず、ここのところ師範の調子は右肩上《みぎかた》がりだ。そして、君自身もな、本庄」

重々しく頷いたのは、打法の師範代である獅童厳太《しどうげんた》だ。特に冷静な彼の言葉に、明日香は目を泳がせる。

重々しい厳太の言葉に、明日香は目を泳がせる。彼女《かのじょ》自身、自分が総一とゲームを始めてから、これまで以上に実力が伸《の》びてきている実感を得ていた。当然ながら、師範代たちもそれには気付いており、これまで何があったのかと気にしていたのだ。そんな状況でゲームCMへの登場である。師範代たちが疑念を抱くのも、当然であると言えた。

「では、単刀直入に聞きましょう。ここ最近の、師範の調子の良さ。これは、そのゲームが原因で合っていますか？」

「うぅ……はい、その通りです。Magica Technicaは、ゲームの中で自分の体を動かして戦えるので……先生的には、たぶん錆《さび》落としになってるんだと思います」

「へぇ。つまり、今の師範は戦場にいた頃の感覚に近いってことか」

総一が数年前まで海外で戦争に参加していたことは、久遠神通流の上位門下生たちには周知の事実である。そして、彼と先代師範が獅子奮迅《ししふんじん》の戦いをしていたこともまた、彼らの間で知れ渡《わた》っているのだ。

その当時の感覚を取り戻しているということは、つまり現在の総一は先代を降《くだ》すほどの技量を得たうえで、戦場にいた頃の鋭敏《えいびん》な感覚を有しているということになる。総一が強くなることは、久遠神通流として喜ばしいことではあるのだが、その上達方法については師範代たちも詳しく知りたいと思っていたのだ。

「成程《なるほど》……それほど現実に近い感覚なんですか？」

「はい。少なくとも、私も先生も違和感《いわかん》を覚えたことはありません。そうじゃなきゃ、先生も続けようとは思わないでしょうし」

「確かに……お兄様なら、紛《まが》い物《もの》で満足するようなことはないでしょう」

「師範が納得する程か。それならば、確かな効果があるのだろう」

師範代たちが納得した様子で頷く中、明日香は視線を走らせて何とか逃《に》げる方法を模索《もさく》する。だが生憎《あいにく》と、この場にいる四人は全員が達人級の武人である。隙《すき》どころか、そんな視線の動きすらもあっさりと看破されてしまった。

「では次の質問ですが……何故《なぜ》それを我々に知らせずにいたのですか？」

「えっ、その……げ、ゲームで強くなったとか、言っても誰も信じないだろうなって」

「あー、確かにそれはあるかもしれんがなぁ、本庄。お前さん、それだけじゃなさそうだな？」

「なっ、何で⁉」

「大方、お兄様を独占《どくせん》できるとでも思っていたのでしょうねぇ」

柔《やわ》らかく微笑みつつも、目が笑っていない幸穂に肩を掴まれ、明日香は身を強張《こわば》らせる。とてもではないが、逃げられるような状況《じょうきょう》ではなかった。

そんな幸穂の指摘《してき》であるが、完全なる図星であった。更《さら》に言えば、教えを乞《こ》う立場である己が、逆に総一に対して色々と教えられる立場になることを画策していたわけだが――

（そこまで説明したら、幸穂さんに殺されそうだし……）

久遠幸穂は、久遠家の血筋の中でも高い才覚を誇《ほこ》る人物だ。それこそ、総一の存在が無ければ次の師範は彼女になっていてもおかしくはなかったほどに。そんな彼女であるが、しかし総一に対するライバル視のようなものはなく、むしろ彼に対して大いに憧《あこが》れを抱いているのだ。

――自分が、彼の直弟子になりたいと思うほどに。

（下手に煽《あお》ると後が怖《こわ》いからなぁ……薙刀《なぎなた》もって追いかけられるのはまだ早いし）

だからこそ、己が望んでいた立ち位置を奪《うば》って行った明日香に対しては当たりが強い。実力面については互いに認めてはいるものの、お互いに譲《ゆず》れないもののある立場となってしまっているのだ。

　そんな明日香と幸穂の内心での争いを他所に、蓮司は顎《あご》を擦《さす》りながら思案を続けていた。

先ほど明日香が語った内容に困惑《こんわく》しつつも、決して無視はできないと考えていたのだ。

「ふむ……では、師範はゲームの中でも、久遠神通流を十全に扱えているということですね？」

「はい。奥伝《おくでん》も使えていましたし」

「奥伝を……！　おい本庄、師範は何を使ったんだ？」

「あー、鎧断と、虚拍《こはく》・先陣《せんじん》ですね」

　明日香の返答に、師範代たちは驚愕《きょうがく》の声と共に目を見開いた。

　剛《ごう》の型の奥伝、鎧断。歩法の奥伝、虚拍・先陣。これらはどちらも、繊細《せんさい》な身体操作が必要になる技術だ。とてもではないが、体の操作に違和感がある状態で扱えるような術理ではない。それは即《すなわ》ち――

「成程、師範はゲームの中でも十全に術理を扱えていると」

「つまり、そのゲーム内における身体感覚は、現実と一切《いっさい》差がないということか……にわかには信じられんが、事実なのだろうな」

「ほぉ……つまり、ゲームの中なら何も気にせず、現実と同じ感覚で刀が振れるってことか」

「それは……」

そこまで口にして、全員が沈黙《ちんもく》する。

にわかには信じがたい――だが、総一の成した事実は、それを裏付けしていたのだ。つまり、Magica TechnicaというVRゲームは、久遠神通流の技術向上に利用できるということを。

「……これは、間違いなく我々にとってのプラスとなり得るな」

「ええ。しかし、導入するとなると中々難しいかもしれませんね。運営組を説得するのは容易ではない」

話し合い始めた師範代たちをきょろきょろと眺《なが》め、明日香は小さく安堵《あんど》の吐息《といき》を零す。師と二人だけの環境《かんきょう》は崩《くず》れてしまうかもしれないが、なんとか彼らからの追及を逃《のが》れることができた、と。

「えっと……じゃ、じゃあ私は予定があるので、この辺りで」

「おっと、まだ終わってはいませんよ？」

先ほど幸穂に掴まれていた肩を、今度は蓮司に掴まれ、明日香はびくりと硬直《こうちょく》する。そんな彼女を見つめている切れ長の目には、強い決意と好奇心《こうきしん》が秘《ひ》められていた。

「このゲームの情報、洗いざらい吐《は》いて貰うとしましょうか」

「ちょ、ちょっと⁉」

「ゲームの購入《こうにゅう》に必要なもの、他に必要な機材、値段、購入方法、それからゲーム内での基本的な動き方など――知っておかなければならないことは、幾《いく》らでもありますからね」

「勿論《もちろん》、答えてくれますね、本庄さん？　誰の邪魔《じゃま》も入らない場所で、お兄様を独占していたのですから……ねぇ」

「あ、あはははは……」

瞳《ひとみ》の中に冷たい光を宿した師範代たちの言葉に、明日香はただ乾《かわ》いた笑みを浮かべる他なく――がっくりと肩を落とし、再び口を開いたのだった。

あとがき

ども、Allenです。今回は紙幅の都合というやつで、急ぎ謝辞に移らせていただきます。ひたき先生、今回も素晴らしいイラスト、ありがとうございます。カラーだけでなく今回は特にモノクロまでも、本当に美しく仕上げていただき、ありがとうございました。

また、梶軒タガネ先生による迫力満点のコミカライズも連載開始しております。ガンガンオンライン（スクウェア・エニックス様）のウェブサイト、またはアプリでお楽しみください。原作小説版共々、よろしくお願いいいたします！　ではでは。

Allen

Ｗｅｂ版：https://ncode.syosetu.com/n4559ff/

Twitter：https://twitter.com/AllenSeaze

HJ NOVELS
HJN48-05

マギカテクニカ
～現代最強剣士が征くVRMMO戦刀録～ 5

2021年12月19日　初版発行

著者――Allen

発行者―松下大介
発行所―株式会社ホビージャパン
〒151-0053
東京都渋谷区代々木2-15-8
電話　03(5304)7604（編集）
03(5304)9112（営業）

印刷所――大日本印刷株式会社

装丁――AFTERGLOW／株式会社エストール

Printed in Japan

ISBN978-4-7986-2669-7　C0076

ファンレター、作品のご感想お待ちしております

〒151－0053　東京都渋谷区代々木2－15－8
(株)ホビージャパン HJノベルス編集部 気付
Allen 先生／ひたきゆう 先生